衛斯理
WISELY 1963.3.11

人類有限的智慧　如何探討無限的宇宙……
2015.12.31
THE LEGEND OF WISELY
監製 許冠傑
導演 泰迪羅賓
章國明
馮永
許冠傑 狄龍 泰迪羅賓 王祖賢
柯受良
BRUCE BARON
HEIDE MAKINEN
柯有倫
吳仲文
陳勳方
鮑起鳴
羅大佑
姚友雄
廖堅爲
潘源良
鄭忠泰
劉嘉蔚
尹銘滔
周國忠
柯受良
新藝城
許冠傑
林振強
DONALD J. ASHLEY
鳴謝
ROYAL NEPAL AIRLINES
MeraTravel
凱達旅運
金公主發行
新藝城出品
贊助
新加坡航空公司

斯理傳奇

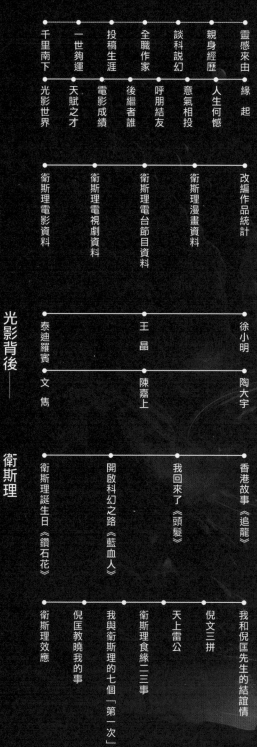

衛斯理
WISELY 1963.3.11

衛 斯 理　六 十 周 年　紀 念 集

衛斯理一甲子

蔡瀾 題

主編的話

倪匡先生頭號粉絲

衛斯理的忠實信徒

倪學七怪帶頭大哥

施仁毅

主編的話

　　已經一年多了，我還是不習慣沒了「衛斯理」的生活，倪匡先生及倪匡太太不單是我太太的結誼父母，也是我三個小朋友的公公，我的偶像及精神導師，永遠懷念他。

　　這本《衛斯理一甲子》可能是倪匡先生最後授權的圖書。

　　有參加過十年前由「豐林文化」策劃的「衛斯理50周年」活動的朋友，就知道我們曾經做過一系列的紀念活動：在書展主辦過由董橋先生題字的展覽、蔡瀾先生題字由我主編的紀念集、倪匡先生出席兩千人的衛斯理答問大會，並且印製二百本「有字天書」禮物送給現場讀者，施太太以先生親自刻製的印章，為幾百位書迷蓋章留念，我也親自做過十三集網台節目，記錄整個活動的過程。

　　疫情前，有天在倪匡先生家中閒聊，我想起再過幾年就是「衛斯理一甲子」，這次可以辦得更大型，甚至可以推出NFT、元宇宙等，先生聽罷覺得好有趣，只是怕麻煩，不過我們交往近二十年，他知道我做事有分寸，於是馬上簽下授權書，由「豐林文化」執行這事。之後疫情開始，每星期飲茶聚會減少，先生亦在期間住過醫院，見面機會減少了。

　　我最後一次見到先生是在香港仔療養院，我們去老三陽買了一堆零食，先生吃了好多，連蔡瀾先生帶來的「豬油糕」也吃掉，之後倪震兄來了，他說：「施先生你來真好，爸爸今天是最精神，之前幾天都在睡覺。」我呆著，腦中閃出「迴光返照」四字，眼淚差點流下來。

　　之後的某個星期天，我獨自在家照顧女兒，施太太好早就去療養院陪伴契爺，我突然收到記者的短訊，查問先生是否已經去世？我馬上打電話給施太太，手機關掉了，我知道大事不妙，不能再回覆任何信息，我了解倪家一向低調，就等家人來發佈吧。直至黃昏，施太太才打電話向我交代，第二天，倪震兄發信息給我，四字的「蒙C寵召」令我破涕為笑，先生有這天才橫溢兒子，應該無憾。這時候，我更擔心蔡瀾先生，倪生蔡生的感情我親眼目睹，每年倪生生日、鑽石婚紀念日，蔡生都會來同我們一起慶祝，我同蔡生通過信息，蔡生還安慰我們，吩咐施太太多去看倪太太，蔡生已經看通看透，他們都是智慧老人。

　　既然先生已經回歸宇宙，再辦甚麼活動也沒意義，不過圖書已經準備好，我們就不安排書展內推出，在一甲子年，安靜地出版，留給真正喜歡倪匡先生、衛斯理的忠實讀者，有緣的你們。

主編的話

感謝：蔡瀾先生及許冠傑先生題字。

感謝：泰迪羅賓導演、王晶導演、陶大宇先生、文雋監製、陳嘉上導演、徐小明導演接受我們訪問。

感謝：宇宙中誕生衛斯理。

感謝：地球上出現一位偉大科幻小説家、哲學家 • 倪匡先生（1935 年 5 月 30 日—2022 年 7 月 3 日）。

倪匡先生頭號粉絲

衛斯理的忠實信徒

倪學七怪帶頭大哥

施仁毅

二〇二三年　香港

初會衛斯理

代序

蔡瀾

初會衛斯理・代序

　　施仁毅兄的豐林文化出版倪匡兄新書，囑我作序。我在南洋時，倪匡這個名字早已如雷貫耳，讀過他用許多其他筆名寫的文章，多數發表在《藍皮書》這本雜誌上。

　　後來去了日本留學，半工讀，替邵氏當駐日本辦公室經理，工作的大部份，是檢查電影的「拷貝」。那時候香港並無彩色沖印，一切片子都要靠日本的「東洋現像所」。印好的菲林，我們行內的術語就叫「拷貝」，是 copy 的譯音。一部片子最少要印幾十個拷貝，版權賣到東南亞及北美，總量可達數百個。

　　因為對工作負責及認真，每印好一個，我就得看一次，檢查顏色有否走樣？片上字幕對不對戲中人的口形等等等等。這麼一來，每部邵氏的電影都看得滾瓜爛熟，而且每部片的字幕「編劇」都是倪匡，沒見過本人，當然對這個人充滿好奇。

　　七十年代，鄒文懷離開邵氏，獨立組織嘉禾公司，我被邵逸夫調回香港，坐上直升機，代替了鄒文懷當製片經理。

　　當年的邵氏片場簡直是一個城區，裏面什麼都有，我被安排住進宿舍，二千呎左右的面積，一廳二房，對我這個住慣東京小寓的人來說，算是相當豪華。

　　對面住的，就是岳華了。岳華早在他去日本拍《飛天女郎》那部片子時認識，他好學，在電影圈內他算是一個知識份子，我們談的十分投機。

　　岳華第一個介紹我認識的是亦舒，也就是倪匡的親妹妹了。當年她的文章已紅遍香港，也在邵氏的官方雜誌《南國電影》和《香港影畫》兩本刊物上寫文章，是編輯朱旭華先生的愛將。

　　亦舒出道得早，充滿青春氣息的她，也符合了十七八歲無醜女的外表。態度很有個性，留着髮尾捲起的髮型。她時常生氣，留給我的印象，是《花生漫畫》中的露西，對任何事都抱怨，一肚子不合時宜，但很奇怪地，對我特別好，可能是我也喜歡看書的關係吧。

　　「你來了香港，有什麼事想做的嗎？」她問。

　　正中下懷，我第一個要求就是：「帶我去見你哥哥倪匡。」

　　「包在我身上。」她拍拍胸口。

　　第一個星期天大家放假，她就駕着她那輛「蓮花牌」的小跑車，我坐在她旁邊，岳華自己開另一輛車，三人一齊到了香港海邊的百德新街的一座公寓。

當年還沒有填海，亦舒說倪匡兄一家要買艇仔粥宵夜時，可從三樓由陽台上吊下竹籃子向海上的艇家買，畫面像豐子愷的漫畫一樣。

門打開，倪匡兄哈哈哈哈大笑四聲，說：「你還沒來之前已聽過很多關於你的事，沒想到你人長得那麼高，快進來，快進來。」

後面站着的是端莊的倪太，還有一對膝蓋般高的兒女，姐姐倪穗，弟弟倪震，都長得玲瓏可愛。

住所蠻大的，但已堆滿了雜物，要逐樣搬開才能走得進去。我最想看到的是倪匡兄書桌，不擺在書房裏，而利用客廳，第一個印象是堆滿雜物，其中最多的是收音機，放着吊着的，有七八個之多。

沏好龍井走出來，倪匡兄口邊擔住了一根煙，他說：「從刷牙洗面就要抽，一天四包。」

是的，在書桌旁邊的牆上一角，已給煙熏黃。

煙多，收音機多，還有貝殼多。倪匡兄說：「已經不夠放了，我租了一個單位，就在樓上，用來放貝殼。」

坐在沙發上大家聊個不停，倪匡兄問了我的年齡和經歷之後，向我說：「改天有空印一個圖章給你。」

「什麼，你也會，我最愛篆刻了。」我說。

他大笑：「救過我，我從大陸一路逃下來，偽造了多張文件，圖章都是我刻的，要不然早就沒命了。」

事後，他答應的事都做到，我收了他一顆，印文寫着：「少年子弟江湖老。」

「肚子餓了，先去買東西，吃飽了就買不下手。」他一說，兩個小孩子歡呼，我們一群，浩浩蕩蕩地走進「大丸百貨」的食物部去。

擠滿了人，當年還設有音樂，客人一面跟着哼歌一面購買，倪匡兄看到什麼買什麼，像是不要錢似地，可樂一買就四箱，其它的，都推滿在我們五個大人的車裏面，他說：「賺了錢不花，是天下大傻瓜，你看多少人，死時還留那麼多財產，花錢真是難事！」

從此學習，倪匡兄的海派出手，完全符合我的性格，第一次見到他，我得到寶貴的一課。

臨離別時，我忍不住問亦舒：「為什麼倪匡要那麼多個收音機？」

亦舒笑了：「他不會轉台。要聽什麼台，就開那一個收音機。」

其它妙事，請看新書。

蔡瀾

二〇二〇年五月十日

初會衛斯理・代序

龍俊榮

衛斯理與倪匡

衛斯理與倪匡

聲明

倪匡先生筆下，創造小說角色無數，當中最成功的，便是衛斯理。

因為「衛斯理故事」是以第一身手法撰寫，出現早期，令到很多讀者都以為，主角是真有其人，甚至小說中的所有事件，都是真實的。事實上，雖然衛斯理和倪生在外貌、性格、技能上差別不小，但是衛斯理的所言所行，的確也很大程度地反映了倪生本人的人生觀及價值觀，所以讀者看來，覺得衛斯理和倪匡是一而二、二而一的，亦不無道理。

這篇文章的出現，可令大家對倪生的成長經過及生活細節，有更多了解，從而更感受到衛斯理的存在。文章是根據倪生訪問、不同媒體報導及倪生記憶所得資料撰寫而成，為令內容更有趣，而使用「衛斯理故事」的第一身方式編寫，絕非倪生親筆，文章中如有任何疏漏錯誤之處，乃筆者資料搜集不周所致，萬望包涵。

又，這篇劣文過去曾多次修訂，而又不時發表，以致在互聯網世界上流傳著不同的版本，當中內容存在差別甚至矛盾。讀者應知道這等遊戲文章，只以趣味為主，能博到大家一粲的話，已是成功，並無替倪生立傳之心，諸君別太認真也。

千里南下

我是倪匡，是寫小説的。

我原名倪聰，字亦明，取「兼視則明，兼聞則聰」之意。一九三五年五月三十日中午十二時三十七分生於上海，祖籍浙江省寧波市鎮海縣。家中有兩個哥哥、兩個弟弟、一個姊姊、一個妹妹，七兄弟姊妹中排行第四；妹妹就是也寫小説的亦舒，本名倪亦舒。

父親倪純莊本來在上海虹口有座洋房，「淞滬會戰」時被日本人炸了，只能住在霞飛路〔即今淮海中路〕八九九弄來德坊三十五號底樓的公司宿舍。由於家裏貧窮，我十四歲以前從沒有睡過床，睡覺就是在一張很破舊的沙發上，有時睡到半夜一翻身，綁彈簧的線斷了，彈簧就蹦出來刺到屁股上，第二天把睡壞了的地方重新綁好，之後便繼續睡。十四歲以後我去了寄宿。我念的是官立學校，學費不貴的，我念初中時非但不要繳學費，還可以從教育廳中領到錢。

一九五一年，我十六歲半時，家中環境發生變化，我的父親及母親王靜嫻在之前一年已到了香港〔父親在「荷蘭好實洋行」

■童年時拍的照片，背後的巨石大半世紀之後現今猶在。

021

衛斯理與倪匡

的保險部任業務經理，隨公司南遷〕，留下我獨自在上海讀書。有天我無所事事，蹺課在外面逛街，到了外白渡橋，過橋時見到柱子上貼了張很大的佈告，被風吹下一半，內容半遮半掩的，勾起了我的好奇心，便走上前翻起全張佈告來看。原來是「華東人民革命大學」招生，只要中學程度，滿十八歲就可以參加了。那天是最後一天，招生處就在附近不遠處，當時我在上海反正無聊，心想有機會到蘇州玩玩也好，便報名了。所以我的學歷誇大點説是初中畢業，老實點説，是連初中也沒完成。

解放之初，地方上很需要稍微識一點字的「知識份子幹部」去從事文書工作，到處都在招人。在我之前是所謂「南下幹部」，在上海招了一批中學生，隨解放軍南下，那批人最後有些級別很高。我填表時寫是十八歲的，後來他們一查證件，才知原來我年齡不足，不過身體檢查通過了，他們也就錄取了我。那時候我根本不知道「華東人民革命大學」的性質，以為是讀書的大學，原來是接受政治思想訓練的，訓練三個月以後，就可以去當兵。

參看後來的一些記錄，一九五一年一月底「革大」三期招生分別在上海、南京、蘇州、杭州、揚州、徐州、濟南、青島、合肥、蕪湖、金華、寧波等地展開，截止到二月十六日報名人數達七千一百六十二人，正式錄取了五千二百八十三人，我便是那

五千餘人中的一份子了。當時「革大」的校長，是政治部主任舒同。

在「革大」我們每天都是進行思想訓練、自我檢討、挖掘歷史問題等等。當時我是積極分子，因為年紀輕，沒有什麼歷史問題，就拼命去挖掘人家的，挖掘的辦法就是開會互相檢討、自我坦白，再就是威嚇，比如告訴當事人：「你的情況我們都調查清楚了，你還不趕快坦白？」這樣的手段很奏效，很多人把自己參加三青團〔三民主義青年團〕、國民黨的經歷都坦白出來了。

我還沒有畢業，就去參加了抓反革命。當時我們是跟著公安部出去走走，看看門而已。我記得，有一個晚上在蘇州就抓了三萬多人。那時全蘇州也不過五十萬人，所以我們很迷惑：「怎麼那麼多的反革命？」後來瞭解到，鎮壓反革命的活動先是在上海展開，很多人從上海跑到了蘇州。這是發生在一九五一年第一次鎮壓反革命的時候，我們跑去看槍斃反革命，小孩子第一次看到那種場面，回來吃不下飯，後來看多了也就習慣了。

接著是「土改」，鬥地主時他們說我同情地主，因為我在寫公示判處死刑的佈告時，問判刑的理由該寫什麼，領導告訴我寫「地主」，我說「地主」只是個身份而非理由。領導說：「讓你

■我本來以為「華東人民革命大學」是讀書性質，原來是為學生提供政治思想訓練的。

寫你就寫，囉嗦什麼！」後來我寫的第一篇小説，便是以「土改」為題。

我在蘇州受訓了三個月，之後就被編入公安部隊第四處，即勞改處。第一個獲分配工作是治理淮河，我很納悶：「公安部跟治理淮河有什麼關係呢？」到了地方才知道，有好幾萬個勞改犯在那裏，我們是公安部勞改局第十局，被派去管理那些犯人。那個工程叫做「雙溝引河工程」，當時頗遇上一些怪事，後來我寫自傳，把事情都寫了進去。

我喝酒就是在雙溝那個地方學會的，因為那裏出產很好的高粱酒。有些老幹部喝酒如喝水，每次和他們喝酒都要喝醉，慢慢地酒量也就鍛煉出來了。

把河挖好之後，我又被調到另外一個工地，也是在皖北；後來又被調到蘇北去辦農場。那個農場初具規模時，上級要抽調人手到內蒙古去墾荒，我報了名，到了內蒙古紮賚特旗的「保安沼農場」去。

在內蒙古過了兩個冬天後，一九五五年末因為大雪阻路，煤運不進去，天寒地凍，很多人都冷死了，我把一道木橋拆下來當柴枝生火取暖，心想河水都已經凍到底了，化凍至少也要到六月，

衛斯理與倪匡

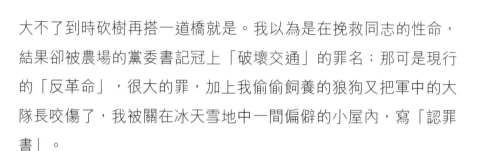

大不了到時砍樹再搭一道橋就是。我以為是在挽救同志的性命，結果卻被農場的黨委書記冠上「破壞交通」的罪名；那可是現行的「反革命」，很大的罪，加上我偷偷飼養的狼狗又把軍中的大隊長咬傷了，我被關在冰天雪地中一間偏僻的小屋內，寫「認罪書」。

那小屋以前不知道是作什麼用途，門也是透風的，裏面只有一個炕，周圍了無人煙。我連煤也沒有，要自己收集乾草燃燒取暖，不然零下三十度的嚴寒，是要被凍死的。晚上很多狼圍著小屋在嚎叫，我得用木棍把門頂著，不讓牠們衝進來。

他們每兩星期派人來收取認罪書和給我送糧食——我後來寫稿寫得快，也是因為當時認罪書寫得多。第一次送糧食來時，我看到一塊很大的花崗石，不知是什麼，便問他們，他們說是豆腐。天氣太冷了，零下二三十度氣溫下，豆腐也被冰得像石頭般，得用斧頭才砍得開！幸好我當時年輕，還有點氣力。

我遭隔離軟禁期間，只有一隻長毛波斯貓陪伴著我，後來《老貓》的故事，就是以那隻貓作基礎所寫的。那貓卻不知是從何而來，很神秘。牠身上的毛不知什麼原因都打了結，我常與牠談話，一面幫牠理毛，耐心地把牠打結的貓毛解開，以消磨時間。從

■通風報信勸我出走的蒙古
朋友，但他的名字我卻是怎
麼也想不起來。

一九五六年二月到五月，牠的毛才解開一半，我卻要離開蒙古了，因為我有個朋友在總隊部工作，他告訴我情況不對勁，黨委書記要組織一個法庭審判我，這次事件不判個死刑，也會判我一二十年徒刑，所以我聽從朋友的意見，逃出來了。

那位通風報信的朋友是蒙古族人，來自托克托縣，我們曾一起工作，成了好友。這位恩人，直到今天我還珍藏著與他的合照，但他的名字我卻是怎麼也想不起來。

有個說法是「倪匡是騎馬從內蒙古到香港來的」。騎馬怎麼能騎到香港呢？這說法真是離奇到極點！當時朋友是給我偷了一匹又乾又瘦的蒙古馬，連馬鞍也沒有的，只披著兩個麻布袋。我身上帶著存下來的幾百元工資，本來的計劃是向北方走的，朋友說北方遊牧民族好客，只要我肯勞動便會收留我，我先學好蒙古話，改個蒙古名字，再娶個蒙古姑娘，過兩三年變成蒙古人了，就可以大搖大擺地出來，不會再有人管我。我臨離開時，那朋友還細心的告訴我先把眼鏡摘了，因為蒙古人都不戴眼鏡的。

當時是四五月間，本來抬起頭很容易就可以看到北斗星，但我從九點鐘走到十一點鐘，忽然天陰了，下了一場大雪，東南西北再也無法分辨，更別說天上的北斗星了，只好隨馬兒亂走。我

衛斯理與倪匡

冷得四肢麻木，天地茫茫，什麼都看不見。當時的印象極其深刻，到香港後，有時天氣轉涼了我睡覺蓋的被子不夠，也還夢到那個情景。我正冷得不知打算，最後幸好「老馬識途」，那匹又乾又瘦的馬認得路，把我帶到一條小村莊去。

我看到那小村莊的燈光時，那種絕處逢生、如從地獄返回人間一樣的感覺，直至現在仍然記得很清楚。當時我根本是滾跌著下馬的，亂叫亂嚷，人們跑出來把我扶入屋去，給我喝了碗熱燙的豆腐漿，慢慢才有了知覺。後來我休息了一陣，雪也止了，便再上馬，大概跑了幾十里路，天快亮的時候，到了黑龍江省泰來的一個不知名小火車站。那時天氣冷，車站的爐子又沒火，我老毛病又發作，把那裏的長櫈拆了下來生火，哈哈哈哈！

我也不記得在那火車站逗留了多久，總之有列車到我便擠上去，過兩個站稽查時沒車票，被趕下來後，我便又在車站等車，有車便又擠上去，就是如此這般，我一直從內蒙古走到遼寧省的鞍山。

我大哥那時在鞍山鋼鐵廠當工程師，我沒地方可去，便去找他。大哥問我帶了證件、檔案沒有，我說沒有。當時我想連人都沒有生活地方，檔案還有什麼用呢，一大包檔案就被我放到小火

初來香港，住在鰂魚涌模
範邨。

車站那火爐裏燒掉了。〔原先我還真不知道我有那麼多的記錄，
檔案足有一寸厚，說什麼「地主思想」啦，「小資產階級思想永
不改變」啦；「目無組織」四個字出現的次數最多。真是嚇死
人！〕大哥又問我有沒有介紹信，我說介紹信還不好辦，我自己
寫一封就好了。就這樣，報了一個臨時戶口，我便在「鞍鋼築爐
公司」當最基層的雜役。

我在鞍山作了兩個月的小工，每個月的工資也不低，有四十
多塊錢人民幣。那時候舊幣已經改成新幣，是第一套新人民幣。
賺到點兒人工後，我買了張船票到大連。

本來要再買船票從大連坐到上海去的，卻買不到票。那時每
天只賣五張去上海的船票，我第一天早上六時去到，排在第三個，
買不到票；第二天我凌晨四時便去，排第一個，也買不到，回答
是「賣完了」。我排第一個，什麼叫「賣完了」？我心中火起，
向那女售票員質問，她卻反問我是什麼單位、機關的，我頓時語
塞。

那女售票員說沒有到上海的票了，有到青島的，問我要不要，
我心想到青島也好，先上船再說。所以最後從青島到上海去的那
一段路，我是偷渡的。當時像我那樣的，還有幾十個年輕人，船

到青島時，我們堅持不上岸，船長破口大罵，最後也讓我們留下來了，叫我們都睡在甲板上。到上海後，我找到在中國國貨聯營公司任總經理的舅父王性堯家去，他們看到一個本該正在當兵的人莫名其妙地摸上門來，都嚇了一跳；由於舅父當時正受到迫害，也不夠膽收留我。

那時我已下定決心要離開中國大陸，最近的一站我可以到的便是香港，於是我在上海留了段日子便開始南下，晚上睡在火車站，一站一站的，走了三個月路才到了廣東的甲子港。那段路當然走得很苦，但現在有人說我當時把棉花煮熟了來充饑什麼的，卻是以訛傳訛。〔現在在網上看到很多關於我的資料，都是以訛傳訛的，我也不澄清了，由得傳訛者去創作吧。〕

那時一路上我跟幾位年輕人用肥皂刻印，印了一些有著很大的「關防」字樣及「中華人民共和國財政部」等字的公文使用，而且我又因為知道政府單位的結構及箇中的運作，便拿出在內蒙古時的工作證，說我們是從少數民族地區來的，向單位借了點錢，大家分來用，然後一路坐火車下來。

我很幸運，當時正值「大鳴大放」到「反右」之間的轉接期，環境寬鬆，才能那麼容易混過去。當然，很多地方還要查路條，

我便又用肥皂或番薯造假圖章自製路條，蒙混過關。那些關員很多都不識字，只懂看印章，見到印章大就以為是來自大機關的，所以我們造假印章時，總是有那麼大便造那麼大。

到了甲子港後，我乘搭一艘運送蔬菜的船先到澳門。在澳門，很奇怪，有一種半正式的方法，前來香港。那時我看到報紙上有一則廣告，說能幫忙去香港定居，實質就是偷渡了，明碼實價講明到香港要多少錢的。視乎情況，有些人可以到了香港才給錢，我便是屬於可以到香港才給錢的人，倒不知當時的蛇頭是以什麼標準來作衡量。

當時偷渡的市價，坐大輪船到香港要四百五十元，坐小船的要一百五十元，而所謂「坐小船」，就即是「屈蛇」偷渡。那時候我父母已經到了香港，我就寫信問父母，他們說最多能負擔一百五十元，我就採用偷渡的方式。

我們被塞進運菜的船，船上有暗艙的，二三十人擠在那個很細小的空間內，到了公海沒有人巡邏，可以上甲板休息一下，大家聊聊天。我還記得船泊岸當天下著大雨，上岸的地點卻不是在郊區，而是九龍某地一條繁盛的街道，當時雖是凌晨，那地方仍很熱鬧，後來我特地去過多處碼頭，卻完全認不出當日是在哪一個碼頭上岸了。

衛斯理與倪匡

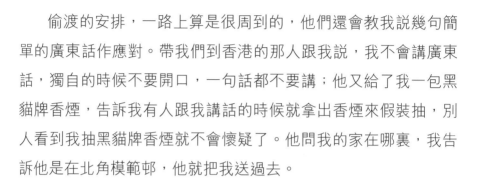

偷渡的安排，一路上算是很周到的，他們還會教我說幾句簡單的廣東話作應對。帶我們到香港的那人跟我說，我不會講廣東話，獨自的時候不要開口，一句話都不要講；他又給了我一包黑貓牌香煙，告訴我有人跟我講話的時候就拿出香煙來假裝抽，別人看到我抽黑貓牌香煙就不會懷疑了。他問我的家在哪裏，我告訴他是在北角模範邨，他就把我送過去。

對於那人，我印象很深刻，之後寫小說時，也把類似的人物寫進過故事中。當時雨勢大得很，我跟那人還一起躲在騎樓底下避雨，雨小一點才冒雨去了我的父母家。媽媽開門看到我，嚇了一大跳。

我離開澳門當天是七月三日，所以我來到香港的正確時間，應該是一九五七年七月五日的凌晨。那時候香港的政策是偷渡客只要到了市區，便可以拿身份證了，所以我到香港的第二天便去拿了入境證明書及申領身份證。當時的身份證是張紙卡，面積比現在的大很多，上面有相片，還要印上手指模。

■隨我南下香港的其中兩本
書籍。

一世夠運

　　我來到香港，第一次體驗到自由生活的可愛。當時的維多利亞公園是剛填海建成的，草地都是全新，我來到香港的第二天便到公園去，下午六點鐘，太陽將下山未下山的時候，我攤手攤腳的，躺在草地上便睡著了，一直睡至深夜十一時五十分，都沒有人理我。那時的維多利亞公園在半夜十二時關門，十一時五十分時有人告訴我們要關門了，叫我們走，我才施施然站起身離去。當時覺得這個地方實在太自由太美好，假如能讓我在這個地方住上十年，便很滿足了。

　　那時我到香港來，可說是孑然一身的，但隨身也帶有一些書籍。我現在家中收藏的書不多，絕大部份的書，看完了都不作保留，不過始終珍藏著一本俞平伯的《紅樓夢研究》和一本周汝昌的《紅樓夢新證》，都屬於「棠棣出版社」出版的「中國古典文學研究叢刊」，它們隨同我偷渡到香港來，上面還有我親手所寫的感想。其餘家中的書，朋友有興趣看，我會叫他們放心拿走，唯有這兩本書，我千叮萬囑定要歸還。

　　我是一個十分幸運的人，像我南下到香港的時機，便是剛過了「大鳴大放」之後，但又在「反右」之前。若果我那時走不到，

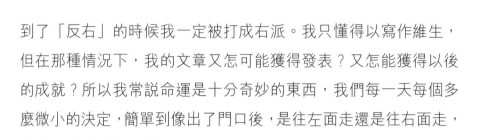

到了「反右」的時候我一定被打成右派。我只懂得以寫作維生，但在那種情況下，我的文章又怎可能獲得發表？又怎能獲得以後的成就？所以我常說命運是十分奇妙的東西，我們每一天每個多麼微小的決定，簡單到像出了門口後，是往左面走還是往右面走，都可以產生極大的不同。

我一生之中，有過多次瀕臨死亡的經驗——幾次都是跟水有關的——最後都能生還下來，真是幸運到不得了。

第一次在生死邊緣的日子，我記得十分清楚，是一九五一年三月八日。當年我還不到十七歲，離開上海到蘇州去，住進了位於關門外北兵營的「華東人民革命大學第四院」，我在三月七日報到，學校要到三月十日才開課，中間兩天是給個人作內部調整訓練的。

我報到當天下午便乘馬車在市內痛快地遊了一陣，在「玄妙觀」飽食各種鹹甜點心。初次離開生活了十多年的上海，只覺無處不新鮮有趣。第二天本來應該參加什麼「小紅討論」的，但我偷溜了出來，跟一位姓周的朋友跳上了輛馬車，直赴虎丘去遊覽名勝古跡。

■我初到香港,在維多利亞
公園草地上,睡至半夜都沒
人干涉,覺得香港這個地方
實在太自由太美好。

到了虎丘,在「生公説法石」上坐了一會,我們便從那刻有「虎丘劍池」四個大字的月洞門中走了進去。「虎丘劍池」據説有個很神秘的故事,不必去説它了,總之有個山崗中開鑿出來的水池,狹窄的潭水黑黝黝地並不是十分起眼。那天的天氣還相當冷,我身上穿著甚多,外套是一件童子軍的制服大衣;又因為正下雨,所以穿著長筒膠靴,便扶著峭壁慢慢的走進水潭去。姓周的朋友因沒穿長筒靴,而沒有跟從。

我右手扶著山壁,踏著在水中的岩石,向內走了二十來步,已到盡頭,停了片刻,便轉身折回。回程時改用左手來扶,扶不穩當,加上浸在水中的石頭表面又濕滑,我一腳踏不住,便掉了到水中,整個人沉了下去。我當時不懂游泳,身上衣服又多,又有長靴,身子一直向下沉,口鼻之中都有水灌了進去,張大眼睛,看到一片無邊無際的碧綠,心中卻是離奇地清醒及平靜,只是心中不斷在想:「原來我要死在蘇州。原來我要死在蘇州。」

那姓周的朋友見狀大聲叫來當地的管理員,拿來一根竹竿,插進水裏來,我手足亂動的忽然捉住了那竹竿,然後管理員便把我拉上來。那位救命恩人的名字是孫丕烈,後來我跟他時有往還,忽然一次往找他不遇,原來已因「召妓」罪被判徒刑,從此下落不明了。

衛斯理與倪匡

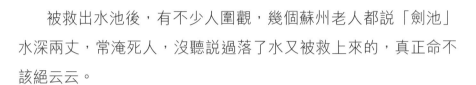

被救出水池後，有不少人圍觀，幾個蘇州老人都説「劍池」水深兩丈，常淹死人，沒聽説過落了水又被救上來的，真正命不該絕云云。

第一次所謂參加革命，便擅自行動，渾身濕透的回去，死又死不去，回到宿舍中，尚未正式開學，已被公開點名批評了，連帶那姓周的朋友也一路被批判，不准外出。

第二次差點被淹死，是在內蒙古呼倫貝爾盟紮賚特旗，那裏有一條綽兒河。我當時已學會游泳了，平常就在綽兒河游，水深也不過胸的，那次在接連下了幾天大雨後，又去游泳，誰知河面增闊、河水暴漲，水勢變得十分洶湧，我在河灘下水，水才及腰，但卻站立不穩，完全不由自主的被沖倒，心知不妙。我被湍急的河水一路沖向前，眼看就要撞到一座大木橋上，橋頭上的人登時哇哇叫起來。若我撞到橋柱上便死定了，誰知「船到橋頭自會直」，我沒撞到橋墩，「嚓」一聲從旁沖過去了，最後直被沖出到四五里路之外。那次最狼狽了，本來就沒穿泳褲，只穿內褲下水，上岸時連內褲都已經被扯走了。

這次又遇上水厄，感覺和上次在虎丘的經驗完全兩樣，驚慌迷亂得很。有人説臨死前可以想起很多東西，但在那麼危急的時候，你根本什麼都想不到，能夠避免到不把水喝進去已經很好了。

■年輕時的經歷，歷歷在目。87年左右，攝於賽西湖家中。

　　人類對死亡恐懼，但每次感覺都並不一樣。如果死亡可以像第一次那麼平靜，可能我已經死了很久啦，但第二次的情況那麼恐怖，卻又叫我怕死了。有個時期我精神很苦悶，常感到「上帝不要我，魔鬼也不要我！」我住在二十五樓，想跳樓自殺，曾試過把一隻杯子掉下去，杯子跌到地上要四點一一秒，根據伽利略在比薩斜塔做的實驗，即是我掉下去，也是四點一一秒便死亡，對不對？看！這便是讀過書的好處了，哈哈！但後來劉家良導演告訴我，說他有次拍戲時要從三層樓那麼高的輪船上跳到海中，他以為很快便過去了，但原來在當事人的感覺中，那是很慢很慢的。想想你從二十五樓跳下來，到了十五樓時你想返回去又不能，從十五樓到地下的那段時間⋯⋯⋯實在太恐怖了，還是不跳為妙。

　　這兩次水厄都是發生在青年時期，後來又有一次，我在夏威夷幾乎淹死。夏威夷的沙灘是不准人喝酒的，所以有一天我挑了深夜，拿了一瓶酒，跑到沙灘去喝，喝醉了，便躺在沙灘上睡，不料第二天漲潮，海水一直浸了上來，我還懵然不覺，幸虧有人發現了我，把我抬了上來，才倖免於難。

　　還有一次是差點兒被凍死。那次的情況，很得人驚，現在回想起來，也不寒而慄。

事發地點在江蘇省北部的濱海縣，那時在黃海之濱築海堤，時間是農曆十一月中旬，正確的日子記不得了。午飯過後我接到一個任務，和另一位幹部帶同十八名勞改犯人去領糧食。糧食總數是兩千斤，來回三十里，那是十分舒服的工作，四小時左右可以完成，沿途還可以偷偷懶。出發時還有攝氏四度的，到了糧站領了糧食回來，歸途之中，走出不到兩三里，就滿天烏雲，北風呼呼，氣溫驟降——後來才知道，那時溫度驟降至零下十七度。

當時極度寒冷，臉上早已麻木了，手腳也失去了知覺，寒風吹在身上像刀刺一樣。我和那位同事是空手的，都開始跳動跑著以求不被凍僵，其餘的十八個人，每人都挑著上百斤的糧食，便無法跳動了，仍然是一步一步走著。那裏四周並無任何房舍可以避寒，向前走和後退都差不多路程，只有硬著頭皮繼續前進。

溫度一到了零下，營養不良的人抗寒能力差，開始不支了。突然，有兩個勞改犯倒了下來，那兩個人一倒，我們負責帶隊的自然要去看，只見那兩人倒在地上，身子蜷曲，可是臉上，卻帶著一種詭異陰森莫名的笑容。那時處境如此糟糕，見兩個人還在笑，真是無法不發怒，當時還大罵他們：「他奶奶的快起來，還笑，有什麼好笑的！」但原來他們都已經凍死了。也記不得是我還是另一位幹部，抑或是我們兩個人同時，發現這真相後，登時發出了一下慘叫聲。

　　我立時決定：「我們快跑啦，糧食不要了。」另一個幹部説糧食是國家財產，不能不要，而且拋棄糧食，罪名十分之大；我則説人命緊要，列寧也説過，我們最重要的財產是人命。那個當兒，我們竟還在爭拗這樣的事情，你説荒謬不荒謬？

　　我説快點跑，也叫那些勞改犯把糧食拋棄了，説著自己已經不顧一切向前飛奔而去，其他人自然也跟我一起跑。我們一路跑啊跑，看到那些勞改犯一個一個的倒下來，所有倒下的人，毫無例外地，臉上都帶著那種詭異的笑容。

　　開始見有人倒下來時，還會去看一看，到後來，求生的本能驅使著，便只懂得拼命向前跑，所有其它的一切都不知道了。直至看到有一間小屋，我們二人立即撲了進去，把屋中的鄉民嚇得不知所措。不過一下子，鄉民就知道發生什麼事了，一個中年漢子抱著乾草塞進竈中，示意我們近火來坐，並把所有的門都關上封上。他們説那種變天的時候怎麼跑出來了，我們説怎知道會如此，是出來後天才變的。我們在鄉民家中躲到第二天下午，才有拯救隊帶了棉衣棉褲來，離開時無以為報，便送了鄉民二十斤糧票。

　　那一行人，終於只有我和同事二人生還，其餘的十多人，後來收屍的時間發現個個都完全僵硬了，倒下地的時候是什麼姿勢

的，便以那個姿勢死去，就像意大利龐貝古城的那些被火山灰覆蓋的人一樣。

那年凍死很多人，我們五千多個勞改犯，凍死了八百多人。氣溫驟降，又有什麼辦法？後來派我去買棉襖，棉襖買得來，已經春暖花開了。

生活在安樂環境當中的人，想像不到世上會有這種事發生，完全想像不到一個人為了求生，要付出那麼大的代價。

我這幾次瀕臨死亡的經驗，真正生死只在一線間，值得記述一下。

我去到香港後，父母家中地方很小，媽媽馬上帶我去買了一張行軍床，晚上打開睡覺，白天收拾起來。然後我就到處去找工作。當時香港經濟不好，要找份工極不容易。我來到香港，一無學歷，二不懂廣東話，三不懂英文，完全沒工作，唯有去幹最基本的雜工粗活了。

我做過很多工作，最初是在一家染廠做雜工，雙手浸在染缸裏面，脫皮得很利害。最累的工作就是鑽地，就是兩手拿著鑽地機，「轟轟轟」的打穿地面，機器按力度分有一百二十磅和一百八十磅兩種，我當時年輕，肌肉看起來很像樣，他們給我

試了一百八十磅的，在物理定律下，每打地面一下，就會反彈
一百八十磅的力回我身體，很是要命。

當時香港普遍的工資是一天三元，但是鑽地的人工可以達到
每小時兩元，我身體好的時候，一天可以工作四小時，時間再長
就吃不消了。鑽地的工作做了兩個小時，臉龐和四肢都被太陽曬
得黑黝黝的，而且全身都震得快散。

一九五〇年代由於「國共內戰」，中國大陸大批民眾湧入香
港，同時又因而引入了資金、技術及廉價勞工，所以荃灣的德士
古道、楊屋道及柴灣角一帶，興建了多間工廠，令那地方的工業
發展十分蓬勃。那時我們從中國大陸出來的年輕人很多，大家聚
集在荃灣人家棄置了的木屋裏，等待各樣工廠的工頭來叫我們開
工。

我們一班人實行「無產主義」的生活，例如六十個人，當天
有三十個人被找去開工的，他們便同時負責餘下三十個人的生
活，大家十分互助。那時候荃灣很荒涼，工作環境也很簡陋，但
是我很開心，因為自由了，而且收到人工後，每天都可以吃得飽
飽的。想當年在內蒙古捉田鼠吃的日子，哪有如此舒服？我覺得
很滿足了。

衛斯理與倪匡

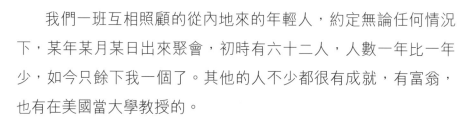

我們一班互相照顧的從內地來的年輕人，約定無論任何情況下，某年某月某日出來聚會，初時有六十二人，人數一年比一年少，如今只餘下我一個了。其他的人不少都很有成就，有富翁，也有在美國當大學教授的。

我什麼雜工都做，每天人工平均是三元五角，但工頭會扣起你六角作介紹費，自己實收二元九角。這聽起來很少，但我已十分開心了。當時的叉燒飯才賣七角一碗，人家吃叉燒要半肥瘦的，我則要多肥少瘦，飯大大碗，叉燒紅通通而且漏油，我第一次吃時，驚嘆天下間為什麼有這麼美味的食物！我在江蘇省北部的日子，每天都要作體力勞動，一個月才分配到五十五斤白米，二十天便吃完了，長期捱餓，而且還經歷過大饑荒啊。我一天的人工可以買到四碗多肥少瘦的叉燒飯，高興到不得了。若果錢不夠而又不夠飽時，可以叫一碗賣兩角的「靚仔戴帽」，即白飯加汁，這叫法現在很多人都沒聽過了。

投稿生涯

從小我就愛看書，初來到香港那兩三個月時間內，便看遍了本地所有的報紙和雜誌，一面看我一面跟人說：「這上面的東西

■我的小說處女作《活埋》，1957年10月27日刊登於《工商日報》。

我也懂得寫啦。」人家說：「你神經病，你懂得寫？你又不是作家。」我說我是真的懂得寫，周圍的人有的鼓勵我，有的說我神經病，有的完全不理會我。

我都不理別人怎說了，自顧自寫起來。那時有份報紙叫《工商日報》，徵求一萬字小說，每周一次刊登於副刊上，我花了一個下午時間，寫了篇一萬字的小說，寫得很認寫，寫完了又修改，改完了第二天又買來幾十張原稿紙仔細謄清，最後在上面打了兩個洞，用粉紅色絲帶串好，打個蝴蝶結，寄到報館去。那是我畢生最認真的一次寫作了！

那篇小說叫《活埋》，是講中國大陸「土地改革」時發生的慘劇，跟我的親身經歷有點兒關係。稿件寄去後不到兩星期，編輯聯絡我，問我能否寫長一點，於是我把本來的一萬字多寫三千字，共一萬三千字。

小說在一九五七年十月二十七日刊登，當時我也不知有多少稿費的，後來收到稿費，見竟有九十元之鉅，笑得我像瘋子一樣。我從來沒有賺過那麼多錢啊！我跟自己說這玩意兒真化算，我幹一天苦工才賺到三元五角，花一個下午寫出來的東西竟可賺到九十元，你說天下間還有更好的事麼？那篇稿我後來也有剪存下

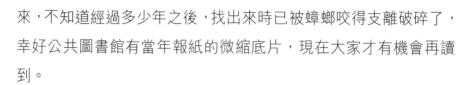

來，不知道經過多少年之後，找出來時已被蟑螂咬得支離破碎了，幸好公共圖書館有當年報紙的微縮底片，現在大家才有機會再讀到。

那編輯跟我説：「你儘管寫來吧，我們認為可用的就用。」我於是連續投了多篇，他也用了我多篇，全都都是用「衣其」這個筆名來寫的。除了《工商日報》，我還有投稿到《真報》、《新聞天地》等。有一次我見到《文匯報》還是《大公報》上面討論一篇小説，總之那是份左派報紙，他們拼命批評那小説，我就寫了篇題目叫〈要批評，不要棒打〉的文章去為那小説抱不平，結果我的文章也被刊登了出來，我連稿費都不敢去拿。

從那時候開始，我便正式成為一個寫作人了，沒有中斷過，也沒有做過其它職業。而且説來奇怪，打從我開始寫作，直至配額用完封筆為止，從來沒有遭到退稿，不知道是運氣好還是真寫得好，哈哈！

我用過很多筆名，最出名的便是「倪匡」。取這筆名，倪是我的本姓，至於「匡」字，是我隨手翻開《辭海》，第一個看到什麼字便用什麼字了，沒有特別意思的。除「倪匡」這筆名外，我用「衣其」的筆名寫政論；用過「阿木」的筆名在《工商晚報》寫專欄〈生飯集〉，跟本名任畢明的另一作家「不名」之雜文輪

■我的筆名全是隨意想出來的，又多又雜，有一些現在你拿回來問我，我都未必記得。

流刊登，取這專欄名稱除稿費可供我吃飯外，也因為上海人形容那些專罵人的人「就像吃了生米飯般」；用「岳川」的筆名寫武俠小說，取「名岳大川」的氣魄；寫雜文用「沙翁」，因為女兒喜歡這甜點；用「衛斯理」寫幻想小說，是乘車時看到「衛斯理村」的名字得到啟發，又覺得挺洋氣的；用「魏力」寫《木蘭花傳奇》，是廣東話「毅力」的諧音，是我花了一番心思去想出來的，因為我想做事總得要有點毅力才行；用「九缸居士」寫養魚的文章，是因為家中的魚缸共有九個；寫高達和高飛的故事時分別用「危龍」及「洪新」。

　　所有這些筆名，全都是隨意地想出來的，又多又雜，有一些現在你拿回來問我，我都未必記得了。例如我寫過三五篇「三毫子小說」和「四毫子小說」，記得的書名包括《歷劫花》、《玻璃屋》、《玫瑰紅》等，十分文藝。其中《玫瑰紅》寫時用了一個叫「倪裳」的筆名；《歷劫花》被楚原拍成電影，《玻璃屋》是寫招待所女郎的故事有點看頭，兩故事則以「周君」的筆名發表。也用「倪明」發表過科幻作品。在寫「衛斯理」的連載時，我在兩個故事之間，又曾寫過一篇名叫《賽馬年鑑》的小說，當時採用的筆名是「危思谷」；用「沙斯舫」之名寫過幾個推理故事，有一篇寫密室謀殺案，情節我一直記得，是我的得意之作。

衛斯理與倪匡

〔編按：「三毫子小說」是盛行於二十世紀五六十年代的平價小冊子式小說，因售價三角而得名，十六開本，每本連封面及封底約二十頁；後發展成「四毫子小說」，改為三十二開，每本約五十頁，同樣能刊近四萬字內容。它們屬於「讀完即棄」的讀物，收錄的絕大部份是一期完故事，每期稿酬三數百元，對於作家來說是個很不錯的收入來源。〕

如果我一開始就只用一個筆名，專寫一種小說，那一定會比目前所寫好得多，不過我這個人太不定性了，你叫我單寫科幻不能寫偵探推理，我會心癢難過得要命。

我還記得第一次投稿在報上發表的散文，題目是《石縫中》，當時我看到開山之後的石縫中，在沒有土、缺少水的情形之下，居然還有一株樹生長著，根部盡量蔓延，有感而發：在一個完全陌生的環境之中，也是可以掙扎求存的，應是一九五七年九月左右，於《真報》刊登。而第一本長篇小說叫《呼倫池的微波》，以蒙古草原為背景。那時我是生手，寫完還重新抄一遍，邊抄邊改。後來我無論寫什麼，寫完之後絕不再看第二遍。這處女作，在一九六一年三月由「亞洲出版社」初版。呼倫池是內蒙古一個地方名，小說寫一個漢族青年和一個蒙古少女的戀愛故事，每句話都是十七八個字長，是典型的文藝小說。

■唯一文藝小說《呼倫池的
微波》

　　説起來，我和太太開始談戀愛，也和我的投稿有些關係。我
和倪太李果珍是在夜校認識的，那是在一九五八年，我生活安定
以後，有錢交學費了，心想除了求生外，也得要自我增值，所以
晚上便去堅道一百四十七號「聯合書院」修讀「新聞系」。倪太
是去補習英文的，我們有一堂課同班，當時入秋，天氣很冷，一
陣風把門吹開了，倪太回頭一看，那一眼真是動人之至，我立即
跳起來，一個箭步跑去把門關上了，倪太便向我笑了一笑。當時
我就決定一定要娶這個女子了。

　　我和倪太還未談戀愛時，她已經看我寫的東西了，我們同上
夜校，有次一起等巴士，巴士沒來，我就趁機和她一齊從堅道踱
步下山，到大路去乘車。我們邊走邊談時，倪太説：「我懷疑你
是不是一個人。」當時她也看我的文章，説懷疑那個作家是不是
我，我説我本來就是那個人嘛，我還把第二天會刊登的稿件內容
告訴她，叫她核對是否如我所講的。大家從此便聊起來，聊個沒
完沒了。

　　我和李果珍開始拍拖時，口袋裏常常只得幾元，要同吃一碗
叉燒飯，她飽了而我未飽，只好多叫一碗「靚仔戴帽」，飯後甜
品則是雞蛋仔。後來我在《工商日報》也有個專欄，每天一篇，
一千字，有八元稿費，那已經夠我和果珍拍拖去花三元看套電影

〔每人票價一元半〕，以及到飯館去吃份五元的「四和菜」〔三餸一湯，白飯任裝〕套餐了，所以那專欄叫做〈生飯集〉。寫幾個字，飯就生出來了，不叫「生飯」叫什麼？而且上海話罵人會說：「你是吃了生米飯？」我的專欄每天都在罵人，如此命名真是恰到好處。

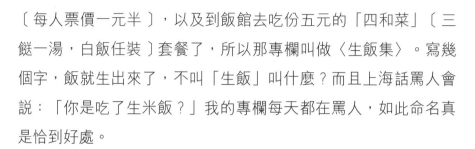

我和李果珍拍拖了四個月便結婚，是先同居再結婚的，那是一九五九年，當時我二十四歲，李果珍二十一歲。我們那時候思想很新潮，本來登記不登記都無所謂，但是我岳父說「不登記成何體統」。我們到了「婚姻註冊處」，註冊官拼命搖頭，頻說我們太年輕了。當時我的廣東話還沒說得好，誓言上有一句「某某人『清心發誓』」，我聽成「青山百歲」，百思不得其解：結婚怎會跟青山有關係呢？

婚後，我要向報館預支稿費，才租得起板間房居住，還要靠岳母每日給我們送飯。

後來我的弟弟倪亦均跟倪太的妹妹李果珠結了婚。事情跟我無關的，當時我的父母要從香港搬到台灣去住，不放心沒結婚的亦均，把李果珠叫了去，問她：「把他交給你照顧好嗎？」事情便定下來了。他們的兒子倪書航，就是亦舒專欄中多次提及的「航頭」，及蔡瀾口中的「咳導演」。

■我和李果珍拍拖了四個月
便結婚，是先同居的。

衛斯理與倪匡

　　我開始投稿時，科技當然沒有那麼先進啦，但後來傳真機發明了，很多寫作的人以傳真方式交稿，我從來都沒有使用過，一直都是由報館派人來收的。我寫連載故事，原稿別人收去了，我沒有留底，便在案頭貼張紙，記下應該寫的是第幾回，例如「木蘭花故事」第十回的，便寫著「木蘭10」，再在上面寫著最後交了的稿的最後一句作提示，之後便懂得如何接著寫下去了。所以我即使在同一時間最多連載的日子，寫的稿都沒有搞錯過；報館收稿時卻試過搞混亂，但報館和報館之間又會自行聯繫協調妥當，完全不必我操心的。

　　後來我交到報館去的稿件，倪太會先替我去影印一份，不過那些底稿我都不會保留。我也從不收集發表出來自己寫的小說。很多人來找我說想出版我的武俠小說，我說：「那要你們自己去找稿件了。」那些武俠作品中有一篇叫〈血染奇書紅〉，寫大群和尚去搶一本經書的，寫得很不錯，失佚多年後由國內一位叫「鱸魚膽」的小書友替我找回。

　　〔即使我在美國居住時，寫好的稿會先影印一份，我也是把真跡寄給出版社，然後自己保留影印本的。葉李華曾問過我：「反正出版社只要小說內容來作排版之用，你能不能寄影印本過去，把真跡送給我收藏？」我說不行，人家給我那麼多稿費，我當然要寄真跡給人家，以示我的誠意了。〕

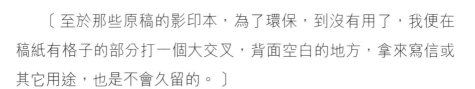

〔至於那些原稿的影印本，為了環保，到沒有用了，我便在稿紙有格子的部分打一個大交叉，背面空白的地方，拿來寫信或其它用途，也是不會久留的。〕

〔再岔一筆：在美國影印不像香港有店員代勞，我和倪太二人自助操作，把幾百張原稿逐張複印，後來才知道原來可以整疊放在送紙器上，一次過處理的，白白浪費了好多時間，真是糗事一椿。〕

一九七〇年代，在開始連載十多年後，「明窗出版社」打算將「衛斯理故事」出版單行本，我也沒有存底稿，報社又找不回十多年前的那些報紙了，剛好看到溫乃堅先生投稿到《明報》專欄的文章中如數家珍地分析「衛斯理故事」，便寫信向他查問，他說手上有一套「衛斯理故事」的剪報，如蒙不棄，可以割愛，我當然馬上答應。我花了多少錢購買那些剪報？講錢失感情，我請溫先生和與他同行的朋友施友朋好好的吃了一頓作為報答，哈哈！

溫先生提供的是從《藍血人》到《新年》的全部剪報；其它的故事又得到包括孫漢鈞先生等的幫忙獲得。如果沒有大家的熱心幫忙，衛斯理故事也不能完整出版了。我在「明窗」出版的第

■因為看到溫乃堅關於衛斯
理的投稿，才跟他聯絡。

一本單行本，根據我的意思，選擇了《老貓》這故事，當時在扉頁處，便寫了感謝溫先生的話：「如果太陽系中沒有溫乃堅先生，這些書就不能出版。」我跟溫先生有段時間保持著聯絡，我寫的《天書》及《玩具》中那「逆轉裝置」的意念就是來自溫先生的，這兩本書在眾多「衛斯理故事」當中，獲得的評價都甚高。

《天書》和《玩具》，這兩本書剛好都是悲觀的。常有人問我寫的小說是否要說什麼道理，我認為小說是閒書，閱讀為了娛樂消遣，寫小說是不必載道的，但任何故事，都一定會有想表現的東西、作者的觀點和意念，那些觀點是否能成為道理，則應由大眾來決定。我寫的科幻小說，最想表達的，還是人性。我覺得人類其實是一種非常醜惡的動物。我的人生觀非常灰暗，大概和我青少年時的經歷有關，知道人到了必須為自己的生存而奮鬥的時候，真是比諸禽獸還不如，古人所說「衣食足然後知榮辱」這句話真是一點也不錯。《玩具》是在我情緒最低沉的時候寫的，內容真是太悲觀了，本來我也不想把它選進全集裏，因為害怕會妨礙年輕人的心智；至於《天書》故事說我們所有人的一切得失都是早有定論，也是蠻悲觀的。

過去香港報章副刊流行的那種二百五十字的小方塊雜文，是我首創的，那寫起來也真不太容易，好像打電報一樣，多用一個

字也不行。後來香港報章副刊上盡是這種豆腐乾式小方塊，是現代社會的必然趨勢，當大家都忙得要死，誰還有空去看長篇大論的東西？這種情形也影響了連載小說，就是每天的內容一定要寫得有吸引力，好處是這樣一來小說的整體吸引力也自然夠強，壞處卻是有時便照顧不到節奏的問題了。

全職作家

我一直業餘投稿，何時才真正轉成全職作家呢？話說當年我經常給一家叫《真報》的報館投稿，他們的社長陸海安找到我，說：「你不如來我們報館幫忙。」我說好啊，反正沒有事情做。

《真報》是一份時事性很強的報紙，其中有一版政治評論，很多作者執筆討論時事及世界局勢。一九五八年二月十八日到二十日，該報分三天連載了一篇討論香港地位問題的特稿，我覺得作者的觀點有值得商榷之處，便執筆為文寫下一篇意見完全相反的文章〈侈言獨立，無異自殺！〉，洋洋灑灑駁斥作者對大陸國情不了解。我在二月廿二日投信到《真報》編輯部，過了幾日，報紙把我的信件在廿七日及廿八日兩天分日全文刊出了，並標明是讀者來稿，與該報作者意見相違等等；後來該作者又寫稿反駁

■陸海安很早期的相片，應該是一九六〇左右。很好的人，我的恩人。

我，我就再投書跟他辯論。在大約一個月的時間內，我們信件往來，筆伐多個回合，從中國近代史到中國社會各方面的問題都涉及到。我初到香港，才不過二十二歲，首次感受到原來這地方是可以自由發表不同政見的，很是高興。

我那時還不知道，原來那篇文章的作者唐沖，就是陸海安本人，直至他邀約我見面。那天我們和以寫政論文章見稱的雷健〔即藍海文〕，談了一個下午，十分愉快。陸海安發給我一筆稿費，知道我還未找到工作，就叫我到報館上班。我沒想到寫那些文章居然有錢收，當初我覺得能抒發己見已經十分難得了。那時我窮得要命，收到九十大元的稿費簡直笑不攏嘴。那不是小數目啊！

那時候《真報》的社址在香港荷李活道三十號二樓，編輯部相當簡陋，人手很簡單，總共五六個人，一個社長，一個採訪部主任，旁邊就是字房。現在互聯網上流傳著一張我穿背心底衫赤膊寫稿的照片，就是當時在編輯部拍攝的，我還記得身後是個神位。晚上我就睡在辦公桌上，後來才跟同事們租了個房間住。

當時報館出色的文膽也不少，有編輯邱山以筆名「秋子」撰寫的專欄，很好看；有麥耀棠，即現在的「唯靈」；有政論家雷健，

他的政論精彩到不得了；陸海安有個專欄叫〈新聞說明〉，專門解讀新聞、分析時事。而我最初就用「衣其」這個筆名寫雜文，專欄名稱叫〈虻居雜文〉，本來叫〈虻居雜筆〉，是在我加入《真報》前已有的欄目，由雷健執筆，名字的靈感應是來自小說《牛虻》，而在廣東話「虻居」跟「戀居」音近，很好玩。

陸海安叫我寫的第一篇國際時事的稿，是講英法聯軍攻打埃及，要我寫自己的看法，問我有何主張。我的觀點十分簡單：中國應該派兵支援埃及，因為當時中埃關係十分要好。現在想起仍覺有趣。

我在《真報》的職位是「助理編輯兼雜役」。我問社長：「我做什麼？」他說：「什麼都做，叫你做什麼你就做什麼好了。」例如說採訪部主任要一杯咖啡，我就跑下去給他買；字房裏說副刊少篇三百字的影評稿，我馬上就要寫三百字的影評，儘管電影連看都沒看過；甚至社長出去應酬，要六百字的社論，我也要馬上寫六百字的社論頂上。那時同事都笑我是「通天主筆」。報館給我月薪一百三十元，不但可以維持生活了，還可以有餘錢借給同事。

話說那時候字房的工人生活很苦，每個月要靠借高利貸生

活。我看不過眼，就跟字房工人說：「你們真是要借的話，向我借好了，我不要你們的利息，甚至也可以不要你們還。」高利貸很吃人的，借一百元，要每天還五元，還足一個月；還有一種是「九出十三歸」，就是你借一百元的話，他們只給你九十元，但是到了月底還賬的時候要還一百三十元。我移民海外十幾年，回來後，有一天走在大街上，有個人見了我就跟我擁抱，報上名字才記得他是當時報館字房的工人。

我什麼都寫，不過所寫的影評則是不收錢的，寫來玩玩罷了。那時候張徹也寫影評，刊登在《新生晚報》，不過他的影評很古怪，不是評電影，而是評他人的影評，像是個「皇上皇」。我說某部電影好看，他說我講得不對，我們對罵起來，後來卻成了朋友。

我的寫作路途，也不是從此一帆風順的。我以「衣其」做筆名寫的反共雜文，在香港文化圈子裏只算是另類文章，我的寫作生涯出現突破，是因為當時司馬翎在《真報》連載的武俠小說《劍氣千幻錄》忽然稿子不來了，我就跟社長說：「這種小說，老實講我寫出來比他好。」社長不相信，我就說：「先續下去再說，因為他的稿子可能會來的。」

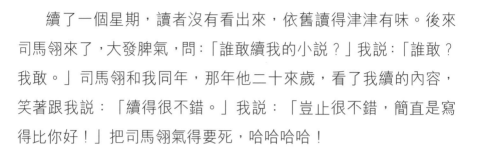

　　續了一個星期，讀者沒有看出來，依舊讀得津津有味。後來司馬翎來了，大發脾氣，問：「誰敢續我的小說？」我說：「誰敢？我敢。」司馬翎和我同年，那年他二十來歲，看了我續的內容，笑著跟我說：「續得很不錯。」我說：「豈止很不錯，簡直是寫得比你好！」把司馬翎氣得要死，哈哈哈哈！

　　司馬翎自己寫回了一陣，決定停筆，陸海安於是叫我把故事續完。我續寫司馬翎的小說，稿費每千字三元，每天寫二千多字，有七元稿費，一個月下來共得二百一十元，比我的薪金還要高。

　　我第一次寫武俠小說，用句廣東俗語，是「打天才波」，不過無可否認，我確實有點寫小說的本事，後來金庸都讚好，連《明報》也向我邀稿。每個人都有一種本事，而我唯一的本事就是寫小說。現在想起來，已經是半個世紀以前的事了，能夠得到這般際遇，還得感謝陸海安給我機會。

　　陸海安原名陸萬能，又叫陸寧，大概比我年長十一二歲，是個非常了不起的人材。我們初識時，他不過三十出頭，既高大又神氣，中文英文俱了得，對世界大事的認識清楚透徹，是個知識分子，一九六九年「世界中文報業協會」在香港成立，他還當上了首任主席。我很佩服陸海安，雖然當我的邀稿多了，便辭去了

■我在《真報》的日子。

《真報》的工作，但在一九六七年，香港發生了暴動，我又主動聯絡他。

　　我對陸海安說：「我們要反擊。」他反問我：「你也敢來？」我說：「我當然來。」那一年，我寫小說已經寫得很成功，在歌賦街上班，每天都要帶著武器上班，便想向保險公司購買人壽險，他們問我做什麼工作，我說是寫文章的，還拿我的文章給他們看，最後都不得要領。當年「商業電台」的林彬被活生生燒死後，社會上又流傳一份黑名單，說有六個人將會繼林彬之後遭到謀殺，當中便包括陸海安。在人人自危的時候，我當時每天都帶著螺絲起子防身。

　　話說回頭，我在《真報》上續寫司馬翎的武俠小說，過了一段時間後司馬翎不寫了，社長說：「乾脆你開一篇新的好了。」我就改了個叫「倪匡」的筆名開始寫，仍是三元一千字，一天兩千字，最早連載的兩篇武俠小說是《墮紅印》及《七寶雙英傳》。首篇小說在一九五九年十月廿四日發表之後，一個月內有四家報館聯絡我，要我給他們寫武俠小說。〔我所寫的第一部武俠小說《墮紅印》面世之時，我恰好不在香港，而是身在台灣，當時我的〈虻居雜文〉也暫時停稿了，取而代之，是每隔幾天便發表一篇〈旅台書簡〉，書簡一律以「珍珍」開頭，這「珍珍」也者，自然是新婚妻子李果珍了。〕

衛斯理與倪匡

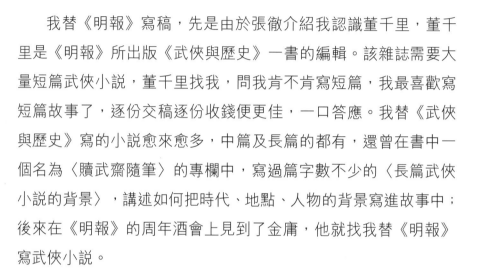

　　我替《明報》寫稿，先是由於張徹介紹我認識董千里，董千里是《明報》所出版《武俠與歷史》一書的編輯。該雜誌需要大量短篇武俠小說，董千里找我，問我肯不肯寫短篇，我最喜歡寫短篇故事了，逐份交稿逐份收錢便更佳，一口答應。我替《武俠與歷史》寫的小說愈來愈多，中篇及長篇的都有，還曾在書中一個名為〈贖武齋隨筆〉的專欄中，寫過篇字數不少的〈長篇武俠小說的背景〉，講述如何把時代、地點、人物的背景寫進故事中；後來在《明報》的周年酒會上見到了金庸，他就找我替《明報》寫武俠小說。

　　當年是武俠小說的全盛時期，《明報》上除了金庸的文章外，還需要找人寫大塊頭，二千字左右的。《明報》是一九五九年五月二十號創刊的，我記得非常清楚，因為那天我剛好結婚；而我在《明報》上寫的第一篇小說《南明潛龍傳》〔後來又名《羅浮潛龍傳》〕則是在差不多一年後開始連載。

　　金庸給我十元一千字，每天寫兩千一百字。到了月底，我從沈寶新先生手上，接過六百三十元稿費，我人生中第一次拿到一張五百元面額俗稱「大牛」的鈔票，和老婆二人拿著那張大鈔笑了老半天。我和老婆商量著怎麼辦，我老婆要把那大牛存起來，可是我卻想把它花掉。當時在香港，一般人一個月如果拿到四五百的話，就是很高的工資了。

■我和董千里(圖右)同赴
文壇朋友的宴會。

　　說起來，金庸那合同訂得很怪，每千字十元，當中的六元是稿費，另外四元是版權，交了在報上刊載的小說，之後出書公司不必再付錢給我的。《南明潛龍傳》連載了幾十萬字，的確還出了書，而且金庸還難得地替我寫了段前言，說讀者「看了一定會滿意」。

　　後來我又寫了不少驚險小說，代表作是《女黑俠木蘭花》，「環球出版社」的老闆羅斌找我，在他的《武俠世界》雜誌上連載。當時我已在替羅斌的《新報》寫武俠小說。羅斌找我寫武俠小說，比金庸還早，我在《新報》中用作寫武俠的筆名，仍是之前在《真報》用過的「倪匡」。

　　有人說我寫《女黑俠木蘭花》的靈感是來自之前在《藍皮書》上所連載小平的《女飛賊黃鶯》，那並非事實。當初構思《木蘭花》的時候，正是占士邦〔 James Bond，或譯作詹姆斯 • 龐德 〕電影初興、迅即轟動世界之際，所以應該說木蘭花是一個「女占士邦式的人物」。《女黑俠木蘭花》的故事後來還拍成幾部電影，由曾江、雪妮和羅愛嫦主演。

　　每當提起木蘭花，我的心中有一份強烈的喜悅，因為這個人物已經超過了自己當初設計的範圍。小說作者通常在開始寫作之前，對自己所要寫的人物，會有一定的計劃，照說人物是作者所

創造的，筆又在作者手中，角色的變化應不會逸出計劃之外，但事實上，「出規」的事卻經常發生。在寫作的過程中，人物活了，就會有他自己的活動、思想、性格出現，不受作者控制，木蘭花就是這樣一個人物。

《女黑俠木蘭花》在《武俠世界》一直連載至一九七二年〈三屍同行〉止，過了兩年又在同一雜誌再出一個故事〈無風自動〉，加上之後替其它出版社寫的〈無名怪屍〉，前後寫了六十個故事，那些故事可以說全部都是獨立的，六十個故事完全不受時間的限制，現實中寫作的時間雖是前後二十年，但在故事中，木蘭花絕沒有度過二十年，她依然保持著美麗、成熟而絕不老邁。她是一個充滿正義感和知識感，幾乎無所不能的現代化女俠，剷除邪惡，伸張正義，扶助弱小，經歷各種各樣的傳奇生活；但是她是女性，有女性的生活方式、思想方式和豐富感情。木蘭花在感情上的發展，是循序漸進的，在充滿懸疑、離奇、驚險的小說情節中，情節是「經」，木蘭花、穆秀珍、安妮三個人的感情發展只是「緯」，但也替小說本身增添了不少趣味。

在眾多的倪匡小說中，《女黑俠木蘭花故事》有相當多的讀者，常在一些場合中遇到陌生人，一知道是《木蘭花》的作者之後，大都會說：「啊！小時候，就常看《木蘭花》！」當年看《木

■羅斌是讓我在文壇中真正崛起的貴人。

衛斯理與倪匡

蘭花》的朋友，如今都長大了，有的本身也成了名作家，還經常在報章上念念不忘《木蘭花》，甚至有以「從小廢寢忘食狂看《木蘭花》長大，相信不少人也如此」這樣的句子來讚賞，身為《木蘭花》作者，我的喜悅心情，實在不可遏止。

　　當時我寫的故事中，已夾雜不少相當科幻的元素，如微型通訊器、超級武器等等，不過正式寫所謂「科幻小說」，是一九六三到一九六四年間的事。當時我在《明報》已經有兩篇武俠小說的連載，分別以「岳川」和「倪匡」或「倪聰」作筆名，金庸叫我化名多寫一篇，我説：「難道又是武俠小説嗎？」那豈非是自己跟自己打對台？他也覺得那不是很好。我提醒他那時占士邦很流行，他便説：「那你就寫時裝武俠小説吧，時代背景是現在，但是主角會武功。」那很特別，我覺得可以一試，便在一九六三年，寫了第一個衛斯理故事《鑽石花》。

談科説幻

　　一九六三年三月十一日，香港《明報》的報頭旁刊出了一格聲明，作出了如下介紹：

現代武俠言情小說《鑽石花》，今起在第二版刊出

衛斯理先生是一個足跡踏遍全球的旅行家，又是一個深諳武術的名家。本報請衛先生所撰的小說，熔武俠、言情、探險小說之優點於一爐，情節曲折緊張，高潮疊起，描寫愛情之細膩，故事之新奇，保證為香港報章上所從來未見，第一篇題為「鑽石花」，寫一個身懷絕技的中國青年，和異國女郎之間的恩怨糾纏，兼及「沙漠之狐」隆美爾的寶藏，中國西康的一個世外桃源中的秘聞，由今日起在第二版刊出，敬希讀者垂注。

對我來說，那是一個十分特別、十分值得紀念的日子，因為第一篇以「衛斯理」作筆名寫的小說，就在那天誕生。不經不覺，至今已經超過半世紀了，以衛斯理為主角所寫的一系列幻想小說，前後共寫了一百四十五個故事。

開始寫衛斯理這角色時，也沒有什麼十分獨特的人物設定。小說中總要有個主角吧？或者可以說，衛斯理是個「什麼都懂得的人」。至於衛斯理的故事用第一身方式寫作，是故意誘導讀者信以為真，以增加閱讀的樂趣。早年真有許多讀者來信，問我所寫的是不是真人真事，我的回答一律是：「這是個不用回答的問題。」

■左起：古龍、倪匡、孫淡寧、金庸。
攝於石門水庫賓館。

衛斯理與倪匡

連載的第一天，《明報》還在報頭特別寫了上面提到的那格聲明，當時用的字眼，是「現代武俠言情小說」，煞有介事地形容「衛斯理先生是一個足跡遍全球的旅行家，又是一個深諳武術的名家」，說是由報館邀請「衛先生」撰寫小說的，這也加強了真有衛斯理其人的印象。

故事角色的名字和我的筆名一樣，都是隨意改的，至於包括白素、藍絲、紅綾、黃絹及黑紗等女角的名字，都有相同原則，兩個字，姓是顏色，名是和絲有關的字，則是刻意為之的小趣味。

在《鑽石花》出現之前及之後，我筆下還寫過很多不同人物作主角的故事，但論時間跨度之寬、作品數量之多、讀者喜愛之盛，沒有可以跟「衛斯理故事」相比的，絕對是我的代表作。

《鑽石花》和第二個衛斯理故事《地底奇人》都是時裝武俠小說，大約是開始連載一年後，到寫第三個故事時，我覺得現代武俠和傳統武俠本質上換湯不換藥，為了求新求變，問金庸加一點幻想好不好，他說好，於是便在《妖火》開始，寫成幻想小說，靈感來自冬蟲夏草這種古怪的中藥。

衛斯理的那些故事，我自己從來沒有說是「科幻小說」的，不過出版社一定要說是科幻小說，我也不反對。出版社給我出書，

封面如何設計、採用什麼顏色等等我一概不理。理會這些事情幹什麼？人家要看的不是封面，而是內容；小說最重要的是好不好看，是不是科幻並不要緊。我很少看科幻小說。中國的科幻小說並不多，外國的又不好看，像艾西莫夫，人稱「科幻小説之父」，我卻覺得作品沉悶得要命，哈哈哈哈！

當初寫「衛斯理故事」是無心插柳的，後來出版單行本也是如此。當時我只是以寫武俠小說為讀者所熟悉，大部份出版社對出版科幻小說都沒有興趣〔並沒有後來人們説我一寫衛斯理便「一炮而紅」其事〕，後來是《明報》的負責人突然想到他們有一批廢棄的紙張沒用，扔了太可惜，就拿來出版我的科幻小説，想不到銷量不錯，愈來愈多讀者看我的科幻小説，我便也開始與科幻結下不解之緣。

「衛斯理故事」從一九六三年到一九九二年在《明報》上連載，剛好三十個年頭，每天刊登約八百字到一千字；期間在一九七三年初至一九七八年初停筆了五年。那五年我在改編還珠樓主的「天下第一奇書」──《蜀山劍俠傳》，把原書四百多萬字重新編校，刪去一半以上，又續了數十萬字，寫了一個結局，成為《紫青雙劍錄》。《紫青雙劍錄》共十卷，首八卷係原著的濃縮，後兩卷是我所續的結局，當年就在《明報》上本來刊登「衛

■在《明報》十周年報慶上
所拍照片。

斯理故事」的位置處連載〔連載時仍用《蜀山劍俠傳》的名稱〕，
最後推出過分成十冊及分成五冊兩個版本的單行本。

　　改寫這「天下第一奇書」，比我自己寫武俠小說還要累，因
為必須要忠於原作。連我太太也幫忙了。那個年代沒有電腦，影
印也不方便，所以我們買了兩套《蜀山劍俠傳》回來，剪剪拼拼
的，再加上自己的修改，耗費了不少時間及精神，可惜到最後，
讀者對《紫青》的品評彈讚不一。

　　也因為我改編過該故事，所以徐克後來開拍《蜀山——新蜀
山劍俠》〔本來名叫《搜神記》〕的電影時，也找過我編劇，當
時我開出的條件是三萬元一次過支付，見面討論談劇本只限兩
次。我們首次在酒店見面時我還有寫筆記的，隔了一個星期，我
帶著寫了的稿再與徐克會面，當時在場的還有他的朋友劉大木及
史美儀，我都還沒講什麼，他們已經跟我說因為主角狄明奇可能
會換人飾演，所以劇本方面要作些修改，我聽到那方向和原先談
好的根本不是同一回事，大怒之下便有了不少人知道的，那當場
拂袖而去的「佳話」了。

　　在一九七三年到一九七八年，我在《明報》上的連載，除了
《紫青》，只有一些短篇武俠小說、以「年輕人」作主角的故事，

衛斯理與倪匡

及關於「非人協會」的六個故事等等。據說當時有很多讀者寫信或打電話到《明報》編輯部去追問,編輯的答案是:「衛斯理出門去了。」

在《紫青雙劍錄》完成後,我立刻開始接續寫衛斯理的故事,就是《頭髮》、《眼睛》那一批了。在復出的第一個故事《頭髮》中,我還設計了一個情節,解釋衛斯理為何在地球上消失了五六年。〔在《頭髮》的單行本中罕有地於扉頁加插了一張〈C 來到地球〉的圖畫,係出自小女倪穗手筆。那是她小時候的畫作,我信手拈來採用了,並不是事先有計劃的。〕

事隔多年,「衛斯理故事」重新在《明報》刊登,在《頭髮》正文之前有一段開場白,後來沒有收錄在任何單行本中的,內容如下:

我,衛斯理,又回來了。

對於明報老讀者來說,多半知道我是什麼樣的人,不必再來自我介紹。對於新讀者來說,只要看我的敘述,不久也可知我是什麼樣的人,一樣不必特地自我介紹。

我離開了足有五年,這五年之內,何以音訊全無,又發生了一些什麼樣的怪事?

說來話長!

在這五年停筆期之前和之後的衛斯理故事，風格上有了不同。在內容上，前期較注重情節；後期的除注重情節外，也灌入了哲理。

〔我記得那時期的一些「衛斯理故事」出版單行本時加強了包裝，彩色扉頁處印上了我的相片，還有金庸的題句：「**無窮的宇宙，無盡的時空，無限的可能，與無常的人生之間的永恆矛盾，從這顆腦袋中編織出來。**」〕

衛斯理的故事一直是在《明報》連載，之後由「明窗出版社」結集成單行本，當中有四本例外，就是《電王》、《遊戲》、《生死鎖》和《黃金故事》。緊接《黃金故事》所寫的《廢墟》開始改回由「明窗」出版，而且出版社更把舊的衛斯理故事作出修訂，重新包裝成袋裝書的形式。此後所有的「衛斯理故事」單行本，一律都是袋裝書的大小。

在把舊版修改成新版時，我最主要都是採用「刪減法」，盡量地把不必要的情節或對白刪去。為什麼呢？因為我覺得故事的主線才是最重要的，副線或許在連載的時候可以讓讀者看得更津津有味，但是結集成書時，便會令到全本書的節奏不夠明快了。

有些故事在出書的時候，採用的名字和連載時並不相同，例

如《地底奇人》出書時名叫《紙猴》〔後來又分成《地底奇人》和《衛斯理與白素》兩本〕，《人造總統》出書時名叫《換頭記》。《木炭》和《頭髮》在出書時分別曾被台灣編輯改名為《黑靈魂》和《無名髮》，在後來的版本我把它們又還原了。至於《石林》，是在後期修訂時才名為《魔磁》，我認為比較貼切，出書的早期，仍是沿用舊名。《老貓》在台灣連載時，也被改過名字為《千年貓》。

我寫過很多系列的「連作小說」，不同的系列又有或多或少的故事數目，一向每個故事都是相當獨立的，可以不必理會其它的作品，單獨閱讀；後期的小說之間，相互的關連性便大了。這個不同系列小說之間的交集〔現在有個潮流用語叫「Crossover」〕，應該是始自一九八一年原振俠的首個故事《天人》，該故事發表時寫明「衛斯理著」，當中有「那位先生」一角，其實就是衛斯理跑到別人的故事去了。後來在一九八四年所寫的《犀照》，我讓「亞洲之鷹」羅開在「衛斯理故事」中出現，兩大主角見面及相識了。到了後期，故事交集、互相刺激帶出新情節的情況漸多，架構才愈見複雜。

「衛斯理故事」在《明報》上的連載，直至一九九二年年初。當時金庸把《明報》大部分股權賣給于品海，我又移民到三藩市，

便停止了「衛斯理故事」的連載。最後連載的《禍根》在報紙上只連載了一半便停止，因為當時《明報》拒絕刊登我一篇批評文章，我說：「既然不願意登，就通統別登吧。」它的單行本也改由「勤＋緣」出版。之後所有的「衛斯理故事」，都是直接出書的，每本書寫大約九萬字，一開始時稿費是十八萬元，後來略有增加。平時我在報紙上的連載，每天結尾處會以括號寫著「未完」，一個故事的最後一天連載時會寫著「全文完」，《禍根》那次，「衛斯理故事」在《明報》上最後一天的連載，寫的卻是「本節完」。

話說回來，衛斯理的故事不經連載而直接出書，並不是由一九九二年開始，而是在一九九一年，替「勤＋緣」寫了《從陰間來》、《到陰間去》、《陰差陽錯》等書，便是沒經過連載的；故事中也有衛斯理、白素、陳長青、黃堂等「衛斯理故事」中主要人物，但改成採用第三身手法，有別於報上連載的「衛斯理故事」的第一身寫法，也順便試試新的寫作方式。後來「衛斯理故事」的版權歸「勤＋緣」，我把《從陰間來》等故事繼續發展下去，便成了所謂「陰間系列」。

一九九一年其實還有第三線的「衛斯理故事」，因為之前倪震辦的年青人雜誌找我寫稿，我以衛斯理的童年往事寫成一些短篇，在當年也結集成單行本，叫做《少年衛斯理》。那系列故事後來還有一本叫《天外桃源》，則不盡是出自本人手筆。

衛斯理與倪匡

　　我移民後繼續寫「衛斯理故事」，變成寫好全個故事後，才交給「勤＋緣」出書。這情況維持了幾年，到了一九九四年，我這個不打網球的人，居然患上了「網球肘」，只好封筆了幾個月，那一年出版的《爆炸》，跟上一本《遺傳》便相隔了五個月之久。那勉強可算是我寫作生涯的一個瓶頸了。後來葉李華替我設置好電腦和聲控寫作軟件，我便開始試用；一九九六年出版的《洪荒》，便是首個全部由電腦運作的聲控文字處理記述完成的「衛斯理故事」。我十分感謝葉李華、朱敏鵑夫婦，因為他們教會我使用電腦。

　　使用聲控電腦寫作並不比我之前使用紙和筆寫稿快，因為我要多花不少時間更改錯別字和標點符號，不過當時如果不用電腦我根本沒有辦法寫作。我用國語，那軟件聽得懂我的普通話，不過要先訓練一下；起初比較困難，後來就用得很好了。那聲控輸入法十分古怪的，曾經試過我的普通話發音不準，電腦竟將「什麼東西」聽成「黨主席」哩！那輸入法又可以儲存以往輸入過的句子，因為貪圖方便，所以讀者可以發現，後期出版的書中，出現了很多重複的句子。

　　二〇〇四年我所寫最後的一個「衛斯理故事」，十分吃力，寫至中途，都有點寫不下去，知道是時候停下來了；出版社說什

■ 1966 年香港粵語片《女黑俠木蘭
花》演員合照。

麼都不肯收回預支的版稅，我只好硬著頭皮把故事勉強寫完，給
了衛斯理等角色一個開放式的結局。我把故事命名為《只限老
友》，是告訴讀者，若不是我的老友，便不必要購買這本書了；
是老友的，買了看了覺得不滿意，也應包涵不會罵我。哈哈哈哈！

親身經歷

　　我最怕沉悶，寫作的時候，常刻意地尋找新意，而且我替不
同的出版社寫稿，也不可以隨便把一處連載中的系列人物挪到別
處去寫，所以便經常創作全新的人物，寫成新的連作故事。

　　我筆下的系列式小說，數目最多的當然是「衛斯理故事」，
其次的便是「女黑俠木蘭花傳奇」，共六十本；再之後是「原振
俠故事」共三十二本；以高斯作主角的推理短篇有廿九個故事；
「亞洲之鷹」羅開的故事共十五個；有關於年輕人和奧麗卡公主
的故事前後共十三個；其餘的，我印象中，寫得最多的應該便是
浪子高達的故事了。我的小說人物名字，也是像我的筆名一樣隨
手拈來的，不像古龍，他的小說人物名字起得很好，很有象徵意
思的。

衛斯理與倪匡

「女黑俠木蘭花傳奇」比「衛斯理故事」出現更早，是羅斌找我寫了，在《武俠世界》中連載的。若説陸海安是讓我進入寫作界的貴人，那麼羅斌便是讓我在文壇中真正崛起的貴人。木蘭花的故事和衛斯理早期的故事風格相仿，不過當「衛斯理故事」摻雜更多幻想元素，兩個系列的味道便有所不同。木蘭花的知名度並不比衛斯理低，我知道至今仍有一班捧場客，是喜歡看「女黑俠木蘭花傳奇」多於「衛斯理故事」的。

「浪子高達故事」是在羅斌所出版的另一本成人雜誌《迷你》上連載的艷情小説，性愛描寫大膽之處，令到每期書一出版便會被政府控告，每次罰款都要六千多元。我每期的稿費也才只一千多元啊！問羅斌，他滿不在乎的，叫我儘管寫好了，可見他賺得更多。既然老闆不在乎，我當然也不會在乎了，因為政府只會控告出版人和雜誌社，不會控告作者的。

原振俠的出現，是因為《東方日報》邀稿，我不能把「衛斯理故事」從《明報》搬過去，便另外創作一個主角。連載的時候作者名稱則同用「衛斯理」，於是我在故事中也以暗場方式，讓衛斯理登場，但不標明他的名字，只是以「那位先生」作稱呼。「亞洲之鷹」羅開的故事則是替黃玉郎旗下娛樂雜誌撰寫的，走的路線有點兒像浪子高達的故事，不過經過一段時間之後，故事中的性愛場面反而不能寫得像從前那麼露骨了。

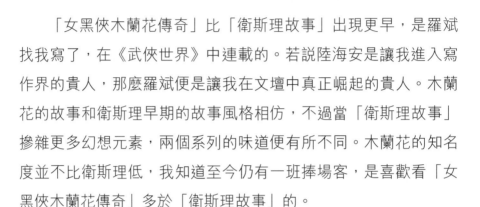

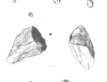

　　我一直喜歡看偵探小說，西方的、日本的、中國的都看，所以當選定了寫作職業之後，也寫了不少偵探推理小說，大都不是很長，每篇兩萬字左右，其中有不少，由於當時並沒有剪存，都已經散失找不到了，能夠找到的，主要是當年曾出版過單行本的「業餘偵探故事」，主角便是高斯。高斯的故事，後來再版時有以「神探高斯」為名的，不過他其實不是偵探。偵探小說的主角人物，當然是小說中偵破案件的主要人物，不過那個主要人物的身份，不必一定是一位職業的偵探，也可以是一位業餘的偵探，或根本不是偵探，只不過憑他的直覺破案。那些故事中，有部份在取篇名時，順手拈來，全是香港賽馬場中賽馬的名字，例如「三與四」、「古墨」、「飛艇」等等，是先有了篇名，再來設想小說的內容的，如此寫作方法，堪稱「絕無僅有」，十分有趣。

　　我很懷念那批散失的推理作品，「得不到的東西總是好的」，其中有幾篇自己的印象十分深刻，尤其有一篇寫「密室謀殺案」的，想不到許多年後，居然有讀者翻舊報紙替我把那些故事都找出來了，真是十分難得。

　　我最後寫的一個故事系列，應是「游俠列傳故事」，不過那本名為《太虛幻境》的小說單行本，封面上雖寫是「游俠列傳故事之一」，但之後卻是沒有「之二」、「之三」……的。這故事

衛斯理與倪匡

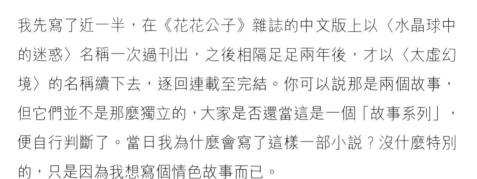

我先寫了近一半,在《花花公子》雜誌的中文版上以〈水晶球中的迷惑〉名稱一次過刊出,之後相隔足足兩年後,才以〈太虛幻境〉的名稱續下去,逐回連載至完結。你可以說那是兩個故事,但它們並不是那麼獨立的,大家是否還當這是一個「故事系列」,便自行判斷了。當日我為什麼會寫了這樣一部小說?沒什麼特別的,只是因為我想寫個情色故事而已。

其實我是很喜歡寫黃色小說的。我所寫的「浪子高達的故事」被很多人譽為最佳黃色小說,後來沒有繼續寫,因為那些小說好像頗為流行,但奇怪地銷量卻不怎樣高。我那時寫小說是身不由己的,應出版商要求而寫,武俠小說銷量高我便多寫武俠小說了。很多人說現時香港的黃色小說不及上世紀六十年代的好看,因為我沒有再寫嘛,哈哈!

黃色小說很難寫,來來去去不外是一男一女、三男兩女之類的變化,要寫得好看,其實一點也不容易。我太太當年也叫過我別再寫,還說「頂我不順」,她的理由,也不是面對朋友時覺得尷尬,而是說我常常寫「兩人就擁有無盡的歡愉」,一點色情也沒有,應該收山。很多寫黃色小說的作者不明白,就是不能用小電影的手法來描寫,不斷描寫器官怎樣接觸,是沒有用的,必須用大電影的手法去寫,這是很重要的原則。

說到色情小說，寫得最好的還是《金瓶梅》。有次我在書店見到一套舊裝的《金瓶梅》只售九十元，馬上跟太太一起搬回家；待要把書放上架時，忽發奇想，把家中買回來切片後自行加入生油浸著的兩瓶靚鹹魚，放到書架上，當成書立把書夾在中間，既省錢又環保；我自覺得意，叫太太去看時，她卻叫我站在書架旁拍了張照片，命名為《三鹹圖》，說相中結合了鹹書、鹹魚、鹹蟲三者，真是叫人絕倒。

《太虛幻境》故事的開章刊登於一九八六年十二月出版的《花花公子中文版》第五期內，題目叫〈水晶球中的迷惑〉，但只刊出了一期，直至差不多兩年後，在一九八八年十月出版的第二十七期才有續篇，題目改了做〈太虛幻境〉，分多期連載。為什麼中間隔了那麼長的時候，我現在已經不復記憶了。

這本小說本身寫起來並不太費精神，但我在各章節的開始，都因應那一章內容，在中國古典文學中找來相關的句子引用，這個步驟反而最花功夫。若換了在今天，在互聯網上查資料那麼方便，過程肯定輕鬆得多，想當年作了如此決定，簡直是自討苦吃。大家閱讀這本小說時，千萬別錯過那些引文為是。

又有一本一期完的小說，叫《騙徒》，原名《騙徒正傳》，在倪震主編的雜誌《男人週刊》中連載。這故事我寫了開始的幾

萬字,後由周顯續完。故事不算十分精彩,不過每章最後都寫了段「騙徒語錄」以及「反面教育」,也很好玩。

我在網上讀過一些小說作品,情節中出現很多「衛斯理故事」中的既有角色,又提及到我所寫的故事名稱,有板有眼的,相當好看。我記得的書名,包括有《成仙》、《求死》、《大陰謀》、《狂人之夢》、《錯變》、《決鬥》、《鬼車》及《神山》等。對於這批冒名創作的「衛斯理故事」,我並不介意,只是覺得十分可惜,因為作者的文筆甚佳,即使用自己名字創作,也可以寫出好看的個人作品,實在不必要這樣匿名寫作的。

有些小說,掛著我作品的招牌,標明是由我所寫,但是資深的讀者,應該很容易便看出並非我的手筆。例如我寫過一些「浪子高達故事」,現在市場上所見到的該系列小說,數量卻比我當年所寫的多出許多倍;那些書名包括《未來帝國》、《魔幻之車》、《分身追輯令》、《地動天搖》、《妖魔性愛》、《星際歸化》、《神奇之石》、《倩女儷影》、《驚心動魄》、《神奇小子》、《玫瑰之悚》、《極地媚惑》、《黑暗大地》、《太陽王》、《賭鬼難纏》、《幽浮再現》及《天龍三珠》等等,真是洋洋大觀,好一些單看命名方式,已經知道非我風格了。

在互聯網上，還可以見到有一些朋友，利用「衛斯理故事」中的角色，創作了一些情色小說。金庸的武俠小說，也遇上同樣情況，而且惡搞他筆下角色的作品數目，比惡搞我的角色的作品數目多出許多，他對此很是不快，我卻毫不動氣。小孩子遊戲而已，沒有所謂。

我筆下的幻想故事，很多都寫到外星人和靈魂，所以常被人詢問我是否見過外星人和是否見過鬼。外星人我是從來沒有見過的，一切對於外星人的描述，都是憑空虛構出來。有人說我還在中國內地時，曾見過外星人，那是誤傳。

我雖然從來沒有見過外星人，但深信它們一定存在的。在無窮的宇宙中有無數的星體，怎可能就只有地球一個星體上有生命存在呢？

假如我有機會遇上外星人，第一個會問的問題，便是它們是從哪裏來的。我們遇上一個外國人，都會先問他們是來自哪個地方的，這很自然吧，對不對？

我認為一個人在某個程度上，總要找個宗教來作自己的信仰。我是在一九八六年復活節中午，於台北林森南路禮拜堂受洗成為基督徒的。我的母親二十多年來天天為我禱告，但我和她有

衛斯理與倪匡

個約定，大家見面時不可以談「信耶穌」，母親見我忽然間有了大轉變，認為是奇蹟，哭了出來，還送了本《荒漠甘泉》給我讓我每日讀一篇。

在我信了基督教之後，不時聽到有人問我是否認為上帝是外星人。我從來沒說過「上帝是外星人」這樣的話，只是有些人將我的想法作如是解。我真正的看法是：宇宙間存在著至高無上的強大力量，控制地球上一切生物的生活及所有命運，大家都感受到它的存在，而不同宗教給與它不同的稱呼，可能是神、上帝或菩薩；很多時宗教人士會把事情說得很複雜，不容易去了解及執行，當中基督教的解釋較為簡單，所以我便選擇了它作為信仰。類似的強大力量在宇宙中有很多，上帝只是其中之一。

對於鬼魂，我也深信不疑。我一生中跟靈界有接觸的機會相當多，印象最深刻的是在「土地改革」以前，我當時在農場總部工作，那裏距離江蘇省一個叫「大有舍」的小集鎮很近。大有舍原名「大鹽舍」，位於響水縣黃河故道〔今中山河〕北岸，相傳清道光年間已有百姓在該處建舍曬鹽。一九三九年黃海大海嘯時遭到了滅頂之災，成為了含鹽碱嚴重的不毛之地，直至一九五二年，華東局在附近劃地組建「蘇北新人農場」，才又開始在那裏改造鹽碱墾荒植穀，名稱並由「大鹽舍」改為「大有舍」。那裏

逢單有集，雖然集市規模不大，但麻雀雖小卻五臟俱全，如郵電局、銀行和供銷社等相關單位都齊備，還有形形色色的店舖及攤點，售賣南北貨物、日用雜品、新鮮蔬果等。

我會到大有舍去趕集，所以知道有位二十來歲、樣子頗美的少婦，每隔一個星期便會發瘋，發作起來不管當時在做什麼，必然拋下不理，走到一棵大榆樹下面，手舞足蹈的說著誰也聽不懂的話，聲音也變得很粗，大聲叫嚷的至少要半小時才停止，那時她會發出幾下嗥叫聲，戛然而止後便會垂下頭來片刻，再擡起頭來時神情一片茫然，看來完全不知發生了什麼事似的，而一直站在她身邊的兩個男子——多半是她的親人——就會扶她離去。她說話時顯得十分激動，力大無窮，很多人想上前制服她都做不到。

我目睹過這樣的情形四次，當地的幹部說她是神經病，我說不是，這不是神經病，而是鬼上身。那些幹部很緊張的問：「鬼上身是什麼意思？」我說：「鬼上身就是有某種靈魂佔據她的頭腦，通過她的身體，指使她作出那些行動和講出那些說話。」那些幹部說我是「散佈迷信言論」，把我用手扣鎖起來。我也不是沒有來歷的，是中國人民解放軍公安部隊幹部，屬於「華東公安部」的，級別比他們的黨支部書記還要高，我們的大隊長來保我，我於是獲得自由。

大隊長叫我不要亂說什麼鬼上身，我說那少婦的情況分明是鬼上身嘛。可惜當時沒有錄音機，否則錄下來作研究多好。

她説的字數太多了，後來我們硬記住當中的幾句話，到處去問人，才知是山東省南部某處的方言，那地方我沒聽過，查地圖也找不到。那少婦是個文盲，完全不識字，沒知識，也沒到過外地，完全沒可能學懂那地方的方言，也許是有個山東人到那裏當兵，在該處被打死了，通過那少婦用那種方言來訴説自己的冤屈。

——這是我見過鬼上身最典型的例子。

靈感來由

我在香港最經典的見鬼例子，是若干年前，一晚金庸忽然打電話給我，説想打牌，我説連他太太也只有三個人怎打，於是便又約了筆名「項莊」的著名散文家董千里。那時金庸家住九龍但報館在香港島，為了方便工作，便在跑馬地黃泥涌道租了一層樓，我們便到那裏去。我們玩的是撲克牌，賭沙蟹 (Show Hand)，大約從十二時開始打，過了兩個小時，我的牌品不好，便開始抱怨了，説：「唉！真衰，陪你們打牌，半夜三更捱更抵夜的，我都不知有多少工作要做，還要輸錢，真不值。」當時我每天要寫二

萬字的稿，兩個小時，我都可以寫好近半了。查太安慰我：「匡仔，你不用如此，我也陪你輸。」我説：「你有錢嘛，你不怕輸。」想不到先是金庸説：「我也輸啊。」然後董千里也説：「我也輸。」

　　四個人打牌，怎可能四個人都輸錢的？我便説不如數數籌碼。一開始的時間，我們每人派發了二百元籌碼，點數後，我手上只得八十元，輸了一百二十，然後再逐個逐個數其他人的籌碼，發現共少了二百元，真的是人人都輸。我平時很佻皮，查太説一定是我把籌碼收起來，我告訴她我沒有，因為玩撲克牌的規矩是不能把籌碼收起來的。説的時候我和查太坐著，金庸和董千里站著，我忽然看到金庸和董千里當中站了一個男人，非常清楚，穿著一件灰白色的唐裝，面目很普通，手上拿著一些籌碼，看著我在陰惻惻的笑。當時已經凌晨，我十分疲倦了，竟沒覺得有什麼不妥，只是指著那人説：「我們沒少籌碼，那個契弟〔兔崽子〕的籌碼沒拿來數，加在一起數目便對了。」金庸和董千里立時臉色發青。何來有其他人？忽然那個人便消失了。

　　我不害怕，但到底是很神秘的事情發生在我的面前，我也臉青了。我們再數籌碼，這次總數全對了，各人有贏有輸，我是輸家，他們三人分別贏了少許。

衛斯理與倪匡

我認為那隻鬼魂定是很喜歡賭博，它影響我們的腦部活動，令我們的計算能力改變了，還使我可以看見它。在給我說穿之後，它知道不能再影響到我們，便走了。各人都不相信，取笑我，問我是否賭得太久累了，所以眼花，我反問他們若不是見鬼，如何解釋我們四個如此具聰明才智的人，八百元的籌碼，數五次都數不對？難道他們也一起累了？他們又回答不到了。之後我回家，便燒了張報紙，老婆問我做什麼，我便把事情告訴她，說傳統上要這樣那隻鬼才不會跟著我回家的。

還有一次是在我老婆要生孩子的時候。當時我在產房外等候，沒事可做，又沒法安靜地坐著，便不停地在踱著步。我在來來回回地繞著圈子，忽然發覺有個男人一直跟在我的後面，我往哪裏走他便跟著往哪裏走，我心中有氣，便回頭去對著他，到他轉過身子想離開時，我倒過來跟在他的後面，心想：你如此可惡，我便照板煮碗跟回你，看你怎樣。我一路跟在那男人後面，不理他如何走，都亦步亦趨的緊貼其後，也沒理會他到底往哪裏去了，直至忽然「砰」地一聲，我撞了個滿天星斗，竟是一頭撞了在牆壁上了。定過神來，那本來走在我前面的男人已經不見了，那不是鬼魂還會是什麼？

我對於靈魂的看法，在小說中也多次提及：我相信在這個空間有無數的鬼魂，它們不跟你的腦部發生連繫，你便見不到鬼了，就像空間中有很多電波存在，我沒有收音機或電視機便接收不到，有適當的工具便可以聽到和看到了，道理是一樣的。我認為靈界是很普通的事，不值得奇怪。

我相信有鬼魂，還親眼見過鬼，但我並不怕鬼，因為鬼不會害人——或者說鬼並不能害人。例如說你駕車時看到鬼之後出事，是因為你驚慌，驚慌之下才會出事，若你不驚慌便不會有事。在某種情形之下，任何人都有機會見到鬼魂，我奉勸大家完全不用害怕，它並不存在，不過是一種力量影響你的腦部活動，才令你看到些什麼，或產生些什麼感覺，並沒有一種真正力量來使你死亡或受傷的。人是可以看到不存在的東西的，最普遍的例子便是我們照鏡子，鏡子中的人是不存在的，但你也可以看到。

「衛斯理故事」中，我個人最喜歡的是《一個地方》，但說到滿意程度，《尋夢》故事既曲折又離奇，結局亦出人意表，結構又較完整，始終是我最滿意的一本。《尋夢》的靈感是來自我自己的遭遇，我從小就常作一個同樣的夢，後來索性用該個夢當開場，編出《尋夢》中那個完整的夢境。

衛斯理與倪匡

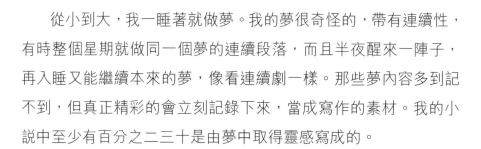

　　從小到大，我一睡著就做夢。我的夢很奇怪的，帶有連續性，有時整個星期就做同一個夢的連續段落，而且半夜醒來一陣子，再入睡又能繼續本來的夢，像看連續劇一樣。那些夢內容多到記不到，但真正精彩的會立刻記錄下來，當成寫作的素材。我的小說中至少有百分之二三十是由夢中取得靈感寫成的。

　　「衛斯理故事」中我會把自己個人想法寫進去，但不會寫我的個人遭遇，所以那些故事絕對不是我的自傳。不過我有收集癖，任何具有許多不同式樣的東西都喜歡收集和研究，在小說中，倒也寫過不少有同樣癖好的角色，其中最典型的，當然是陳長青了，從他那包括各式收藏的古怪大屋，也發展出多個故事。

　　故事中連我的主觀願望投射也極少，唯一的一個例外，是《一個地方》，書中所寫的便是我心目中的理想國度。

　　我的見聞倒是許多故事的意念來源。我所見過的聽過的，只要能帶給我啟發和聯想的元素，都可能在小說中採用。例如當年在大興安嶺林區我遇上過一個被熊舔傷了半邊臉的人，他的造型我印象極深刻，後來在《木炭》一書中，便寫了一個造型差不多的角色。我在一九五一年春天在蘇州住過三個月，當時的一些見聞，後來也寫了到《蠱惑》書中；而在當地「玄妙觀」內見過一

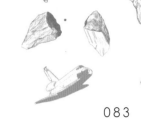

個體型極胖、能一人佔滿一條長板凳的婦人，便是後來創作溫寶裕媽媽的原型。

還珠樓主也有影響過我的作品，他寫過個叫《劇孟》的故事，很精彩的，我仿了它的開始寫了個短篇，後來又把那短篇引用到《豪賭》一書中。《蜀山劍俠傳》書中有個紅髮老祖，原來姓藍，是苗人，我之後在「衛斯理故事」中寫苗疆故事，「藍家峒」的創意就是源自於此。

我又有過很多玩物喪志的嗜好，例如養魚、種花、蒐集貝殼、木工、烹飪、古典音樂等等，而且都是由迷轉癡，由癡變狂。我是貝殼專家〔我曾以原名倪聰的名字和盧德先生 Mr Rick Luther 合著了一本學術專書《香港之寶貝與芋螺》，一九七五年由香港「新昌印刷公司」出版〕，便寫了一個叫《貝殼》的故事。

想到寫透明人，因為養魚時從日本人牧野信司著的《原色熱帶魚圖鑑》中看到俗稱「玻璃貓魚」的透明魚，而得到啟發。我喜歡玩音響，忽發奇想，便寫了一個古代聲音偶然留傳到現代的故事，叫《古聲》。在《還陽》的故事中，寫了很多關於樹木和木工的內容，因為我對這兩者興趣都很濃，有段時間，我還自行製作家中的傢俬哩。

衛斯理與倪匡

有時那些嗜好只是偶然聯想起，在故事中略提一下，添點趣味，例如我愛聽古典音樂，便在《迷藏》書中，寫主角在時空旅行時，遇上史塔溫斯基，並給他鼓勵，才有後來極受歡迎的《春之祭》。

我也曾經投入刻印章。我刻章是無師自通，想到什麼便刻什麼，不過也沒刻章久了，現在我的手力不夠。我印章的嗜好，沒有寫到小說中，不過倒應用到稿紙之上。我用的稿紙，是出版社替我專門印製的，面積較大，四邊留白特別多；上面印著我的幾個印章。四個印章，右下角的朱文印「倪匡」是蔡瀾作品；右上角的朱文印「為歡幾何」是連石頭買回來的，它下面的白文印「豈止八九」，是一九五七年在上海街頭看到名家高甜心淪落在擺攤子，向他買石頭請他刻的——人們常說「人生不如意事，十常八九」，其實又豈只八九？

只有最多人看不懂的左下角那朱文印章，才是我自己所刻，那「魚齋自用」四字，取自莊子「用其本步而遊乎自得之場」之意。當年我對養魚極狂熱時，用「九缸居士」筆名寫關於養魚的文章時，專欄就叫做〈魚齋清話〉；我的家中客廳還有一幅由談錫永所寫「魚齋」二字的橫額。張徹的電影《哪吒》也是由我編劇，戲中一些「海底」背景，也是利用我家中魚缸拍攝的，因為一般的魚缸不夠大。

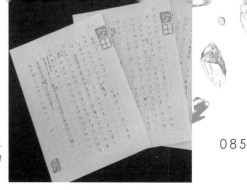

■蔡瀾替我刻的印章，本是「酒色財氣」，後來成了「四大皆空」。

衛斯理與倪匡

〔蔡瀾替我所刻，曾用於稿紙上的印章，除了那個「倪匡」章外，還有「余有四好」和「酒色財氣」兩枚。後來我跟他說：「我現在酒、色、財、氣都沒有了，不如改為『四大皆空』好了。」結果他就刻了個上面沒有一個字的，只有四個空框。〕

我的小說常常融合歷史事件。我認為只要用心去了解一段歷史，用心揣摩當時的人、地、事、物，寫出的故事自然令人信以為真。有些情節，讀者以為我是虛構，其實也是寫實的，例如《背叛》中那場關鍵的小戰役，就是歷史上真有的，名字叫做「孟良崮戰役」，當中有個角色，則是影射周恩來。

又例如在《茫點》中，有多個楔子，其中一個講述衛斯理在台北的畫廊中，看到有一畫同名的畫作，那也是真人真事。那幅畫作，就是替很多「衛斯理故事」繪過封面的徐秀美的作品；《茫點》是先有她的畫作及名稱，才創作出故事來的。

另一個我寫的小說可以令人信以為真的原因，是我喜歡寫我熟悉的東西。曾經有人說過，我寫鄉野傳奇風格的小說寫得最好，因為那些故事背景就是我從小熟悉的，寫出來自然生動了。這或者也解釋了為什麼我寫時裝故事比古裝故事好，以及為何我不喜歡看那些發生在遙遠的外星、遙遠的未來的科幻故事。

　　說起來真是巧合得很，我的小說在報紙上刊登，試過多次當連載至中途，現實生活中便發生一些事，和我的故事所講吻合的，我把那些新聞也寫到故事中，應該也讓故事的真實感提高了。我記得的例子，便包括《原子空間》、《換頭記》、《後備》、《天人》等；當中《後備》一開始便是由無性生殖已實驗成功這個意念引發的，所以之後發展有相同也不出奇，記得那篇小說在動筆之前，我還只是在腦海中有個非常粗糙的故事，未決定小說名會叫《後備》還是《配件》的。

　　最早期的「衛斯理故事」中多次寫明故事發生在香港，也用了一些具體的香港地方名稱，後來一概刪改了，衛斯理變成是住在「一個東方城市」，故事中提到地方名和現實中存在的人物時，大都刻意寫得模糊。早期的那種具體寫法，有人問我時我都忘記了，反而一些老讀者記得比我還清楚，哈哈哈哈！

　　曾經有人嘗試把我的小說翻譯成外語出版，但因為我寫的故事，不論是武俠小說也好，科幻小說也好，絕少會把背景設定在千百年後的，情節帶有強烈的中國風格，所以不容易譯成其它語言，就算譯了味道也會有所削減，大概就是這個原因，那些外語版都並不成功。

■《歷劫花》電影廣告。

衛斯理與倪匡

　　我的作品開始改編成電影的時間極早，我印象所及，第一部被拍成電影的是《歷劫花》，那次我收了三百大元。其後的作品也有不少獲洽購版權，最受歡迎的當然是「衛斯理故事」了。

　　歷年來「衛斯理故事」多次被製成漫畫、廣播劇、電影、電視劇等影視作品。最特別的是一九八〇年代台灣「福茂」推出的四套卡式錄音帶，題目分別是《老貓》、《蠱惑》、《異遇》和《靈異世界》，前兩者是配以音效與音樂，由我親口講述故事，後兩者內容接近我寫的《倪匡傳奇》和《靈界》兩本書〔台灣書名為《見聞傳奇》和《靈界輕探》〕，都已絕版多時了。

　　由「衛斯理故事」改編而成的漫畫據說有很多，不過我都沒有看過。我看文字書時，情節會在腦海中變成影像，但是現在新派的連環圖漫畫，我反而看不懂，連哪一格要接到哪一格去看的次序也搞不清楚。我記憶中只有三次正式向我徵求授權出版的衛斯理漫畫，一次是許冠傑拍攝衛斯理的電影時，配合宣傳出版了《紙猴》；另兩次是「皇冠」和周寶安的「晨星」，當時我還給他們寫過序。其餘的全部衛斯理漫畫，都是出版了我也不知道的。後來倪震和朋友合作推出過一套叫《衛斯理Z》的港式漫畫，他是我的兒子，那便談不上授權不授權了。

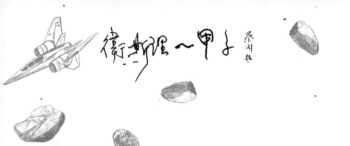

光影世界

　　「衛斯理故事」的廣播劇主要出現在一九八〇年代：「香港電台」在一九八一年至一九八四年間，以粵語首播衛斯理廣播劇，共播出六個故事；一九八七至一九八八年，「商業電台」的衛斯理廣播劇規模更大，一共播放了三十七個故事。後來「廣州電台」也推出過衛斯理廣播劇，採取由主播講故事的方式，由二〇〇四年起，一共講了二十四個故事。

　　衛斯理的電視劇，最早的應是一九八三年台灣「中華電視台」的《衛斯理傳奇》，由楊光友飾演衛斯理，拍了多個原著故事。後來的多是把不同的「衛斯理故事」融合起來，一九九八年「新加坡電視台」拍攝，由陶大宇演衛斯理的版本，和二〇〇三年香港「無線電視」拍攝，由羅嘉良主演的版本，都是如此，不過他們一個把背景設在現代，一個則把背景設在民初。二〇〇三年大陸「湖北電視台」也有一個由吳奇隆演少年衛斯理的版本，那除了主角名稱跟我的小說角色同名外，可以說是毫不相關。

　　電影和電視劇有一個很怪的現象，買你的版權，一定要改得面目全非；偷你的故事，一定拍得十足十。曾經有兩部名為《少年衛斯理》的電影，由吳大維當主角，內容跟我寫的原著幾乎沒什麼相關；徐小明導演過一部《海市蜃樓》，講的是「衛斯理故

■徐克頒獎，我領獎。

事」中《虛像》意念，反而有點兒原著的味道，後來他又導演過一部《衛斯理之霸王卸甲》，和我寫的故事《風水》也有點關係。二○○二年由劉德華主演的《藍血人》，除了保留主要角色的名稱外，整個故事根本是原創的。想來把原著改得不倫不類是影視編導的唯一生存價值，其行可誅但其情可憫啊！

一九八六年是最熱鬧的一年，藍乃才導演的《原振俠與衛斯理》與泰迪羅賓導演的《衛斯理傳奇》同時開拍。《原振俠與衛斯理》由周潤發飾演衛斯理，不過那角色也只是噱頭，真正主角是錢小豪飾演的原振俠。我在戲中也有份客串，身穿禮服，講幾句話，作為故事的引子和結束。該電影買的是「原振俠」三個字的版權，我收了三萬元，那應該是我最後一次從「邵氏」收取的酬金了；內容基本上是由「原振俠故事」的《血咒》發揮而成，又有點兒「衛斯理故事」中《蠱惑》的情節。〔再早幾年，我也售出過一次版權，卻是無關於科幻的，而是《六指琴魔》，收款二萬元，之後所拍成的電影，好像是由錢小豪及惠英紅主演。〕

《衛斯理傳奇》則是由許冠傑飾演衛斯理，王祖賢飾演白素，劇情算是改編自《天外金球》，不過最初洽談版權時，談的同樣只是人物的使用權，不是以任何故事作單位的。外國電影公司也曾向我洽購了《天外金球》的版權，錢也付我了，戲卻沒拍成。

衛斯理與倪匡

在考慮把我的作品改編之時，大家比較鍾情「衛斯理故事」多於「原振俠故事」，電影名稱中真正提及原振俠的，只有《原振俠與衛斯理》，而電視劇集方面，便只有「無線電視」的《原振俠》，由歌壇「四大天王」中的黎明主演。

二〇一八年由中國大陸和香港合拍的《冒險王衛斯理》是最近期改編我小說的影視作品，由余文樂飾演衛斯理，還有不少熟悉的藝人主演，內容改自《支離人》、《藍血人》及《無名髮》等故事，分有幾季，但我也沒怎樣看過。我授權把作品拍成電視劇或電影，心態上和交劇本差不多，收足錢便是，之後製作人如何把作品左修右改，都是他們的自由，我不會理會，那些作品我也不會刻意去找來看。

我常提到看書時有「畫面立體化」的情況。我不知旁人看小說是怎麼看的，我自己，從小看小說，開始時當然是渾渾噩噩、囫圇吞棗，看得明的和看不明的，一體接收，情形如冰火島上，張無忌硬背武功秘訣；就在某一天，雖在六十多年之前，記憶卻是非常清楚，我看書讀到魯智深對付周通一節，「一個赤條條胖大和尚，從被中跳將出來」等字，陡然之間靈光一閃，「天眼大開」，眼前〔或稱腦海之中〕就真的出現了一個赤條條的胖大和尚，活龍活現，不但眼耳口鼻俱全，而且行動如風，吼聲如雷，全部成為影像。

■《漫畫奇俠》廣告，倪匡親自飾演衛斯理。

自從那次「開竅」之後，文字的描述，經視覺進入腦部之後，自動化為影像，我看小說時，影像會在腦中不斷活動，比任何改編自小說的影像製作都要精彩；接收到的文字訊息，還和個人腦部活動的因素相結合，所以產生出來的影像，一定最合自己心意。有了這樣的閱讀能力之後，當然不會再要看改編的影視劇集，因為別人挑選的演員，又如何能和自己心中所思所想的比美？

我也當過電影的臨時演員。最初時是由蔡瀾發起的，他說我的樣子夠滑稽，可以去當演員，便找我在《群鶯亂舞》中客串演一名嫖客。後來我演過的角色還真不少，道士我做過，醫生也做過，連「大哥大」洪金寶也當過我的兒子。從前我還一直鼓吹作家要保持神秘，不可隨便亮相的，所以當傳媒要來訪問我時，都會一一拒絕，後來我不單拍電影，還拍了不少，是感到時代實在改變了，我們不能墨守成規。

我在好幾部衛斯理電影中都有幕前演出，不過都不是飾演衛斯理，反而在一九九○年文雋導演的非衛斯理電影《漫畫奇俠》〔在台灣名為《青春奇俠》〕中，我才有機會客串親身演回衛斯理的角色。

我客串演出的衛斯理電影中，「嘉禾公司」拍攝的《老貓》，是我印象較深刻的一次。

他們找我做狗場的主人老陳，故事中說衛斯理向他借狗來對付「老貓」。蔡瀾是這電影的監製，我跟他說不成啦，因為我在鄉下時曾被狗追咬過幾乎被咬死，所以很怕狗的，他說不要緊，那隻狗很乖巧，我主要只是有一場戲把牠抱起來便成了。我第一天去拍戲，從上午九時一直等到下午二時，那隻狗才送到，他們叫我出外看看，我一看，整個人傻了。那隻狗人立起來比我還高，一百九十五磅，嘴巴張大可以把我的頭放進去！我說害怕，他們說不要緊，有酒給我喝。我把半枝酒吞下肚後，果然好像沒那麼害怕了，便照拍啦。

那隻名字叫 Tiger 的巨犬，真的像老虎一樣威猛，卻十分聽話。導演的原意是叫我把那隻狗揹著走，但是狗隻身子不能屈曲嘛，揹不到，導演便改了主意，跟我說：「匡叔你抱牠。」我說：「你有沒有搞錯，匡叔差不多六十歲了，怎抱得動一百九十多磅的狗？」他說「你試試啦」，我便像日本片集那些苦學的主角般「努力！加油！」自我激勵一番，之後不知是否因為已喝了大半枝酒的關係，「嗖」一聲，居然一下子便把那隻狗抱起來了，引來全場鼓掌。

我記得抱起巨狗的那一場，還是跟蔡瀾合作的對手戲，他演的就是救活巨狗的那位醫生。

■在電影《老貓》中，倪匡抱起巨犬，感謝蔡瀾飾演的醫生。

拍電影很奇怪，比如說從上午十點到晚上十點，十二個小時，真正拍攝的時間卻很短，大部分時間大家不是閒聊就是賭牌。後來我就帶書去看，整套七十多本的「柏楊版」《資治通鑒》，就是在當臨時演員的時候看完的。

現在衛斯理電影的拍攝版權在「勤＋緣」的手，二○○六年我把衛斯理電影的「獨家全球永久改編版權」給了他們。

陸續還有很多人想要把「衛斯理故事」拍攝成電影。大家常在討論，哪個明星最適合演衛斯理，哪個明星最適合演白素，我卻認為著眼點不在明星，而是在導演。有些時候，小說不壞，只是拍成電影時，給導演拍壞了。真要我對挑選演員給點想法，我始終認為，衛斯理和原振俠等都是讀書人，至少要「腹有詩書」之「氣」，而不是只有外表的。例如說，如由竹野內豐演原振俠，就太理想了，比較一下黎明，就可見高下。

若要把我的作品搬上銀幕，要我挑的話，我認為「衛斯理故事」中的《黃金故事》，既有科幻又有武俠，又有愛情元素，拍成電影一定精彩。《黃金故事》這小說，運用了很特別的寫作方式，那種手法，古怪得難以形容。資深作家寫的小說多了，別說是讀者有要求，自己也會很渴望作品能有所突破、有所變化的，《黃金故事》便是我刻意求變的例子之一。

我向來認為科幻作品中不應包含太多硬科學資料，把教科書中的內容照搬到小說之中，更不可取，但在《黃金故事》內，我偏向這難度挑戰，例如寫用刀殺人的過程，一秒間便發生了完成了的事情，在描寫時刻意加上了細緻的人體結構名稱，讀者像在電影中的慢鏡頭，看著刀鋒如何逐分逐毫把人體肌肉和骨骼劈開，能清楚地感受到人類所造的武器破壞力量是如何巨大，產生張力。如此手法寫成的小說，可一不可再，以小說而言，《黃金故事》這實驗是成功的，若它能配合電影技巧拍攝出來，效果必然不錯。

至於我的作品搬上舞台，只有一次，是「編導制作」在一九九五年主辦的《衛斯理傳奇——尋夢》話劇，由李永元改編及導演。

很多人都還記得，一九八九年時我和黃霑、蔡瀾三個人替「亞洲電視」主持的清談節目《今夜不設防》，這節目一共拍了四十五集。

拍那節目，比起拍電影舒服很多，可以定期與好朋友會面，待遇又好，又有酒喝，又有美女相陪，又可出風頭，你說世界上還有什麼比這更好？

■ 清談節目《今夜不設防》
拍了共 45 集。

衛斯理與倪匡

　　這節目的意念是由黃霑提出來的，後來蔡瀾接受訪問，他説是由我們幾個人到夜總會去玩而得到啟發。我們到夜總會去玩，説的話常可逗到別人大笑，黃霑説與其付款説話逗人家笑，不如乾脆搞個節目給點娛樂大家，而且還可以有錢收哩。本來是先找「無線電視」談的，但「亞洲電視」開出的條件更佳，而且自由度更大，所以節目便落在「亞視」的手了。

　　我們在「今夜不設防」邀請各界美女做嘉賓〔後來也有男嘉賓〕，一面品嚐美酒和吸煙，一面暢談，而內容亦相當廣泛，會論及時事之餘，話題有時亦涉及性愛，主持與嘉賓在節目中可以吸煙和飲酒。由於我們的內容非常大膽，亦夾雜有粗口，所以有很多片段被刪走；有些地方，因為談話十分精彩，不能刪走時，便後製加上「嘟」聲掩蓋粗口。請來的嘉賓不盡是我們早已熟悉的朋友，而且就算是老朋友，有些敏感話題平時聊起來也是有顧忌的，所以我們每次都有段「熱身」時間，由普通話題開始聊，當嘉賓愈談愈興起時，就算我們不問，有時他們也會主動把私密告訴我們；每集播出的內容不足一小時，錄影時間長達幾小時，是常有的事，通常最後採用的，多是在後段的談話。

　　當時很多人説聽不懂我的廣東話，所以播放時破天荒地加上了字幕。唉！説起廣東話不純正這事，便真的叫人傷心。我在鎮

海及上海時,常聽到人談起香港的繁華,把香港說成「小上海」,我以為既然稱為「小上海」,生活情況定是跟上海相差不遠的,語言上也必定大致可以溝通,那時我根本不知道香港說的是廣東話。

廣東話是天下間最難學習的語言,我到現在還記不清楚哪些是開口字、哪些是合口字,能像我現在說得讓人聽得懂已經很不容易了,而且我說的廣東話,比起金庸又純正了許多。我來港超過半個世紀了,人們還是說我的廣東話不夠純正,這麼長的時間若我學習的不是廣東話而是英文或法文的話,一定能說得比我現在的廣東話好。

在電視我只做過清談節目的主持,沒拍過電視劇,因為有拍過電視劇的朋友力勸我千萬別拍,並分享經驗說比拍電影辛苦得多,待遇又不高,電視台對嘉賓重視程度也不夠,所以我便不拍了。

我也拍過一些廣告,第一個是替「養命酒」拍的,拍了三天,賺了幾十萬;後來又有一家日本照相機公司「藝康相機」找過我和倪震拍廣告。不過所拍廣告始終極少,未能成為我的另一條財路。

■拍攝「養命酒」廣告。

我去拍廣告，主要是好玩，我不定性，總喜歡新鮮的事物，什麼都想嘗試一下。為了曝光也是原因之一。有次我問黃霑，他的《不文集》寫得馬馬虎虎，為什麼銷量會那麼好，他説因為他是名人，人家看見他有書出版，就有興趣買來看看；他勸我盡量曝光爭取知名度，有機會上電視就盡量上。

天賦之才

我的學歷不高，説到最勉強，只有初中程度。在校我是老師們眼中的頑劣學生，一次犯了校規被訓導主任抓住，要求校長開除了我，校長微笑道：「我們身為教育家，正是要將頑皮的小朋友教好，假如小朋友犯了過錯便被開除，我們還能夠稱得上是教育家嗎？」一番説話登時叫我感動淚流，銘記數十載。這位校長後來來港定居，轉到「蘇浙公學」任職，不是別人，正是沈亦珍校長。後來倪震因成績欠佳，需要轉校，也是得到沈校長的幫助。

十二歲前我們住在上海霞飛路八九九弄來德坊三十五號底層，都已過去七十多年了，這老房子居然還在，早陣子有朋友到上海去，給我的舊居拍了照，電郵給我看。我就讀的小學就在家的附近，名字記不得了，建築十分簡陋的。十二歲後我們搬到虹

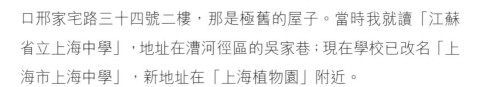

口邢家宅路三十四號二樓,那是極舊的屋子。當時我就讀「江蘇省立上海中學」,地址在漕河徑區的吳家巷;現在學校已改名「上海市上海中學」,新地址在「上海植物園」附近。

我小時候並沒有願望想當作家。從小學到中學,我立志要當旅行家,或者你也可以叫作旅遊作家吧,那可能是少時讀過《徐霞客遊記》等,受到李時珍和徐霞客的故事所影響,就很想出遊。

我寫作的動機,一是謀生;二是為興趣;三是因為我沒別的本事,寫作是我唯一的謀生才能。我相信寫作是靠天才的。常有人問我為什麼懂得寫小說,我也不明白為什麼會懂得。凡是藝術的東西,都是靠天才的。靠訓練可以訓練出一個數學家,但是訓練不出小說家。愛寫作的人,拿起筆便會寫,寫不出便是因為沒天分,學不來的。

我從小喜歡作文,中學國文老師就很鼓勵我朝這方面發展。我是很個人化的一個人,對於我來說,最適宜的工作就是寫作,完全是個人的,不必聽任何人的意見。寫作於我而言是本能反應,拿起筆就可以寫到,毋須用腦。就因為係體力勞動而非腦力勞動,所以我長年寫作,到七十多歲還是一根白頭髮都沒有,哈哈!

職業作家和業餘作家不同之處,職業作家要敬業樂業,業餘

作家可以靠靈感寫作,職業作家卻不行,因為靈感不來肚子還是會餓。此外兩者對作品水平的要求也應有差別,業餘作家只要偶然有九十分以上的佳作,其它作品寫壞都沒關係,職業作家的作品卻要每本都超過八十分。在寫作習慣上,我和古龍不相同,他很受情緒影響,情緒太好或太壞都不能寫稿;我則會規定自己每天的工作時間,每天要寫多少字便定要寫出多少字,狀態不好的時候,寧可寫出來的東西,到第二天需要棄掉再寫,但是當天一定要寫。

寫作和電腦運作一樣,要有資料輸入才能有資料輸出,我愛看書,看的書又多又雜,是我能夠寫得好文章的一大原因。我的父母管教孩子的方式是任其自由發展,我可以毫無拘束地看很多雜書,日積月累東西記了在腦海中,寫作時便自然地跑出來了。

我從小就很活潑,也合群,會跟朋友到處去,打彈子、鬥蟋蟀,但因為我極不喜歡受約束和跟人爭勝負,所以從小就不喜歡參加團體活動,尤其是競爭性的遊戲,所以有空的時間便只好看書,不知不覺就愛書成癖。

我最喜歡看小說。起初看通俗小說,像《薛仁貴征東》、《薛丁山征西》那種;後來看各種類型的民間故事;之後是中國傳統

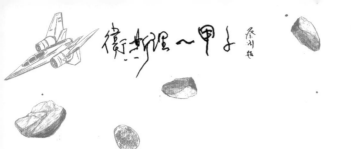

小説。在小學時期，《三國演義》、《水滸傳》、《封神演義》我都看了；看《聊齋誌異》時完全不明白，就選一些最短的來看；《紅樓夢》也看了，但是看不明白。我在當兵的時候看得最多的是《紅樓夢》，也看研究紅學的著作。總之好看的小説我便看，一本書頭一千字不好看我就放棄了。

外國的小説我也看，中學時已經看很深奧的翻譯小説。可以説你説得出來的好看的外國小説，我幾乎都看過了，不論是英國作家的、法國作家的、美國作家的，甚至俄國作家的，我都看，而且很多都看過幾遍。《福爾摩斯》我看了很多，阿嘉莎 • 克莉絲蒂的小説我也看了不少。我最喜歡普希金，他的短篇小説寫得很好，寫得比衛斯理還傳奇。有很多書我年年都看一遍的，包括金庸小説、《聊齋誌異》、《水滸傳》、《紅樓夢》等，溫故而知新，每次都可以有收獲。

之前提過我有一種特別的技能：看小説的時候，那些文字會在我的腦海中化為畫面，所以一邊看書，就好像一邊在腦中製作電影畫面那樣，十分有趣。我寫小説時，其實就是把那些腦海中的畫面描述出來。

小時候我常到上海的「外國墳山」去玩，在那裏見到的東西，也豐富了我很多古靈精怪的見聞。上海人把墳地稱作「墳山」，

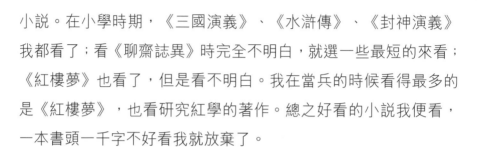

衛斯理與倪匡

當時在上海有不少「外國墳山」，法租界的「八仙橋外國墳山」就是現在淮海公園的位置，前面有一大片空地，成了一個「平民夜總會」，有各種各式的花樣，有賣藥的，有賣藝的，有「長毛的大姑娘」，也有架起一個帳篷，讓人花錢買一枝火柴，劃著了進去看裸體女人的，你想到的應有盡有，你想不到的也有。我在那裏見過許多至今都解釋不了的奇怪事情，其中一些曾經在寫《倪匡傳奇》和《靈界》時提及過。

　　書籍、報紙、雜誌、電視、電影都是我的靈感來源。通常不必蒐集，有趣的資料自己會跑出來。我常常是看到某篇報導很有趣，才根據其中的內容構思故事。例如《聊齋誌異》中便有很多可供發展成科幻小說的素材，撇開迷信，加上科學化解釋，便可以寫成科幻小說。

　　我的書房只有一套參考書籍，就是《少年兒童百科全書》，文學、物理、化學、音樂、常識等等，應有盡有，找不到資料時，看了就一清二楚。有這一套書，加上《辭海》，對我來說已經足夠，因為很多資料根本看過後已經在我記憶之中，我不熟悉的東西，才臨時在《百科全書》中翻找出資料來使用。看了別人的東西後抄襲使用，或把一些現成資料抄到小說中，並沒問題，但抄要抄得有技巧。這《百科全書》後來留了在美國，不好意思帶回來。

作為職業作家，我從不拖稿或欠稿，就算宿醉未醒或病了仍然照寫，這是責任。很少作家能保持這個紀錄。我還有另一個紀錄：寫作二十年不曾斷過稿。古龍還曾為這罵過我：「沒斷過稿的算什麼作家。」我第一次斷稿，印象中應是《明報》上的〈皮靴集〉〔前名〈赤足集〉〕吧，當時還寫了篇感想，為不能再講「寫了二十多年稿，一天也未曾斷過」而感到懊喪，後來那專欄的文章結集出了一本書，那文章也收錄了在內。

我除了是寫字最快的作家，也是最多樣化的作家。大概除了歌詞與廣告詞之外，其他的文類我都寫過，包括各類小說——武俠、推理、科幻、奇幻、奇情、色情——和散文、雜文、專欄、政論、電影劇本等。很多人用心教過我，但我還是分不清楚「平上去入」四聲，所以填不到歌詞。有一次黃霑利誘我，把五千元現鈔放在我面前，叫我馬上填首詞，我看著錢的份上便填了給他，黃霑看了取笑我，說我比起《紅樓夢》中薛寶釵那不學無術、什麼都不懂的哥哥薛蟠還不如，哈哈哈哈！我也不寫現在的所謂新詩。那種新詩隨便把一句話砍成多段就成了，不必有什麼道理的，這樣的寫法，我一天可以寫幾百首出來哩。我實在不懂欣賞。

我曾經自印了一張大卡片，印了一百張，上書「專寫科學神怪社會倫理文藝愛情科學幻想武俠奇情偵探推理小說散文雜文各

種論文電影劇本」，下面還有兩行小字：「交稿準期，價錢克己」，目的也只是貪玩，結果派到了第三張，便給徐復觀教授老先生痛罵了一頓，就不敢再派下去了。

我曾有兩個比較大型的寫作計劃，其中之一，是名叫《毛主席萬歲》的一部小說，我曾在一本叫《倪匡三拼》的書中提及這事，並曾把閒時寫了的一些內容片段收錄其中。我跟出版社提出這個題材，但沒有任何出版社支持，我雖有興趣，但沒人收的稿，自然不會積極完成了；後來中國大陸文壇出現了「傷痕文學」的現象，我便知道我這書也不必再寫了，因為這書由我來寫，必定沒有大陸那些作家寫得好，他們感同身受，理應寫得有血有肉，我離開大陸時，好多運動都還沒開始。

另外的是一本關於中國武俠小說的書。

中國的「新派武俠小說」大家公認是由梁羽生及金庸開始，金庸的作品，絕對可以「空前絕後」來形容，其他在差不多時間出道以及後來的武俠小說作家，都不能超越他的成就；直至古龍出現，另闢蹊徑，以截然不同的風格寫出許多令人驚艷的作品，才算有可勉強跟金庸比肩的武俠小說家。

　　武俠小說是中國特有的一種文學形式，甚至連日本也沒有，像《宮本武藏》那些作品和中國武俠小說是不能相比的。中國武俠作品變化多端，內涵有愛情、文藝、偵探、俠義等，包羅萬象，是一種想像力的結晶，這點和青少年的習性一樣，而我們中國人一步入中年就要老成持重、循規蹈矩，和想像的距離便漸漸拉遠，所以武俠小說本是十分適合青少年閱讀的，讀了又不會有什麼壞處，成年人何必禁止他們閱讀，替他們的想像力設下不必要的藩籬呢？

　　我很喜歡看武俠小說，也很喜歡寫武俠小說。我先寫武俠小說，後來以科幻小說揚名，其實那些科幻作品，基礎上也就是武俠小說。我寫文藝小說更早，不過相對而言，武俠小說便容易寫得多。武俠小說和武俠電影只有兩個原則：開始，壞人打好人；後來，是好人打壞人。千篇一律，就這麼兩個原則翻來覆去，好人一定要先受委屈，之後他們復仇時，才能令讀者和觀眾看得更過癮；如果最後好人被壞人殺光光，那樣的劇情，誰會要看？

　　我看著中國武俠小說的行業興衰，但是一直以來，都沒有人有系統地整理出它的歷史及發展源流，便很想寫部這樣的書，不過這樣一本書的內容，時間跨度寬，發生事情多，出現過的作者及作品都多如繁星，單是設想整本書的綱目結構，已經叫人費煞

思量了，所以我的意念存在雖多年，卻遲遲未有動筆。幸好，在海峽兩岸都有好些有心人，跟我有相同想法，而且他們的行動力比我要強，我仍在蹉跎之中，他們已經有不少有關這題材的分析文章、小書甚至巨著推出，我閱讀之後，又是覺得自己不會比別人做得更好的了，關於「中國武俠小說歷史」的計劃，只好也擱置下來。

除了寫小說，我寫的電影劇本也很出名，而且寫了不少，超過四百部，其中拍成電影的有三百多部，保證是世界紀錄；拍不成的原因，可能是資金問題，可能是因為技術上拍不到，又或者找不到合適的演員開拍，那都是電影公司的問題，我反正劇本費是收足的。

通常電影公司會跟導演簽合約，要求一年之內拍攝多少部電影，由於市場需求很大，導演想拍的，若非題材太偏門，電影公司多會批准，那時導演便會找編劇一起商議劇本；編劇根據談好的故事寫成文字，電影公司會把劇本編上號碼作記錄，然後交給蔡龍的公司抄印至少四十份，如果公司決定開拍了，製片便會把一本本厚厚的劇本分派給導演、劇務、道具、化妝等等有關人士。那些分派給各崗位的，便是劇本的「工作版本」，讓大家工作時有所依據，這個版本只有導演可以修改；萬一真要大作修改，要編劇再寫一次的話，自然就應該再收一次錢了。

全盛時期,我有過在一個月內寫八個劇本的紀錄,平均三天半寫好一個。有個時期我寫得最多的是電影劇本,因為收入好嘛,不過寫電影劇本往往要受到各種因素的限制,例如導演的意見,以及環境、成本的可能性等等,不能像小說那麼天馬行空。我曾想過找回以前所寫的電影劇本,出版「電影劇本選」,完全按照電影劇本的形式推出,不過我向來不會替自己的作品剪存保留,既無舊稿,出版自然無望了。

我寫劇本的兩大原則是:一,請先付錢;二,貨出不改。導演收到我的劇本之後如果想要修改,可以隨便改,反正我自己是絕不動手的。我也不看自己編劇的電影,因為一定會被改得面目全非,還是眼不見為乾淨的好。

電影成績

我寫的第一個劇本是張徹叫我寫的《獨臂刀》,在一九六七年。我沒經過訓練,其實所寫的劇本哪裏是劇本,不過是中篇小說而已。劇本上面寫時、地、人,一場一場分開寫的內容等於一章一章的小說,我寫的完全是文學劇本,與電影手法無關。我一直都不懂得在劇本上加上電影手法的描述,時不時在中間加上一

句「此處武打」便算。你別説，我這種編劇風格也影響了很長一段時間的動作故事劇本的，據説當時有些劇本甚至只有一千字，整頁都以「此處武打」來填充。

後來張徹把我的劇本拿回去修改，電影上映時，原劇本中只有五個字保留了下來，就是「獨臂刀」和「倪匡」。那電影大收旺場，以後「張徹導演 • 倪匡編劇」便成了金漆招牌，差不多所有張徹導演的電影，都是由我編劇的。

我也寫過很多由古龍小説改編的電影劇本，多是跟楚原合作。當年楚原拍的《七十二家房客》大賣，自然得到電影公司支持，不過他接著拍了幾部文藝作品，成績卻不理想，於是又沉寂了一段時間，直至某年農曆新年前後，楚原向公司提出開拍某部金庸作品，電影公司叫他暫待，過了新年後，公司與古龍談好版權事宜，才把作品交到楚原手上開拍，那便是《流星 • 蝴蝶 • 劍》。之後《流星 • 蝴蝶 • 劍》取得成功，電影打破當時台灣票房紀錄，同時在香港取得佳績，掀起了一陣改編古龍小説的熱潮，便是人所共知的歷史了。

古龍小説在台灣冒起時，最初以「傳統筆法」寫的作品都很普通，後來有了個人風格，愈來愈有味道；我看了《流星 • 蝴蝶 •

劍》十分喜歡，認為是很適合改編成電影劇本的，亦向多名導演推薦。我最先向張徹推介，但張徹不喜歡，他是較喜歡拍自己原創故事的；我多提幾次，還被他搶白，說我不懂得電影不要亂講，我反駁他：「我不懂電影，你又找我寫劇本？」有次我和楚原及「邵氏」老闆吃飯，席間楚原問：「拍古龍的戲是否穩賺？」我告訴他：「穩賺的話我自己拍啦！」

我覺得，武俠小說發展到古龍的時候就最變化多端了，他的小說夠千變萬化，男人變女人、好人變壞人、死人變活人、平凡人變武術高手，改成電影也很好看。各導演中，以楚原最能把古龍的小說改編得好，甚至比我更佳，因為他能捕捉到古龍小說的神髓；他在創作路線上，則比較傾向金庸的小說。

印象中我和「邵氏」簽過三張合同，第一張合同五千元一部劇本，第二張八千元，第三張一萬元，後來再加，最後幫「邵氏」寫的那一個是五萬元。有朋友替我翻看過舊時公司記錄，見例如《五毒》(1978)、《搭棚小子》(1980) 及《碧血劍》(1981) 等幾部電影，我所收的劇本費都是一萬二千元，可見那是我在該時期的標準收費，兩者若有矛盾，當然是信賴白紙黑字記錄好過信我的記憶了，哈哈！

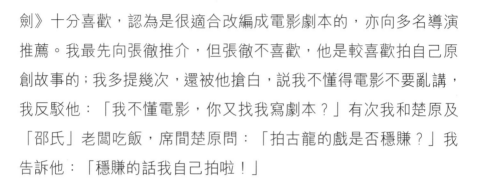

那時從「邵氏」收編劇費，有兩個選擇，初期是一概到他們的出納部領取，後來可以收支票了，但若想要現金的話，還是要前往出納部。收錢領現金當然是最快最好啦，本來我要過海是有所不便，幸好他們有安排汽車接送。那年頭一千元紙幣才剛出現，並未流行，生活中涉及鉅款時，還是使用五百元紙幣為主，即是大家俗語所說的「大牛」了〔因有「大牛」的說法，新面世的一千元紙幣才有「金牛」的稱呼〕。

《搭棚小子》是我所改的原名，即是後來的《少林搭棚大師》，由劉家良導演。我和劉家良合作已久，早至一九七五年他回港後拍攝的首部電影，已是由我編劇。「邵氏」催劉家良開戲，我便着手寫《神打》的劇本，劉家良說給我一星期時間，其實我一晚便可寫好的了，不過我慢慢寫，兩日才交貨。這劇本能那麼快完成，是因為劉家良已把故事從頭到尾說一遍給我聽，我只是當小說般照寫一次而已。劉家良是個說故事能手，講的故事又動聽又細膩，主要的人物及情節他都構思好了，我寫劇本只是加重著墨人物的性格及理順情節。

我和劉家良合作，票房最好的大概是《少林三十六房》，那是黃家禧當製片的第二部電影。我認識黃家禧很早，我和「邵氏」的導演談電影時常在「半島酒店」，有時方逸華也會出席，而黃

家禧也會同往，不過他只會坐在一旁聆聽，不會參與討論的；由該劇開始，所有劉家良所拍的電影，都是由我寫劇本的，所以與黃家禧便一直有所接觸，但所謂接觸，其實也只是他向我催稿以及到我「賽西湖」家中收劇本而已，一來早期跟導演的討論他不會參與，而我又不作興跟隨現場拍攝的，電影首映會也鮮會出席，其它的交往便不多了。

《少林三十六房》當年在香港收了二百九十多萬，輸了給《賣身契》、《醉拳》、《死亡遊戲》等作品，不過那時的港產片，最重要的收入來自海外市場，而歐美觀眾十分喜歡《少林三十六房》，從《少林搭棚大師》在海外宣傳時，也要被稱為《少林三十六房續集》，該電影之成功可見一斑。

在我的編劇生涯之中，以替李小龍早期電影所寫的兩個劇本《唐山大兄》和《精武門》最妙。不少人都知道，李小龍本來有意投入「邵氏」，但他要求一萬美金的片酬，合作未能談得攏，結果，鄒文懷跟李小龍談妥了合作，特別安排他回港替「嘉禾」拍電影，以催谷公司的業務。李小龍跟鄒文懷說要找全港最好的編劇，最後找到了我，但我又跟「邵氏」有約，雖然只是「每年寫電影劇本若干部」的那種形式，但我替他們的對頭公司工作，有些不好意思，所以最後劇本寫好了，編劇卻是掛上導演羅維的

■出席嘉禾宴會，同李小龍
及鄒文懷同框。

名字。那電影所寫劇本，原名叫《華僑英雄》，是由何冠昌改為
《唐山大兄》的。

　　這兩套電影，跟其它由我編劇的電影有點不同。張徹等導演
多是消化了劇本後，融合自己的一些想法來拍攝的，《唐山大兄》
和《精武門》則基本上羅維是照跟我劇本所拍，最能保留我原始
構想的味道。電影《精武門》原名《大俠霍元甲》，那陳真一角
名字我是在史料上看到取用的，但背景資料完全是我所虛構，那
拆爛「東亞病夫」牌匾的情節也是。現在很多人都以為陳真是歷
史上真有我所寫的那樣的人物，而且還替他編寫《陳真傳》，真
是奇趣之至。那角色令人印象深刻，不是我劇本之功，主要係因
為由李小龍演出，若是由別的演員來拍，也許這角色便紅不起來。

　　我和李小龍很熟落。他是一個很不正常的「電影工作狂人」。
在拍完《精武門》後他請我吃飯，説準備拍第三部電影，找我繼
續當編劇，他口若懸河的，一講便講了三四小時，細節至連怎麼
配樂也説了，連東西也顧不得吃。我跟他説：「你什麼都説完了，
還要我編什麼劇本？最可惜剛才沒有錄音，否則跟你説的拍攝就
是了。」他以為我不肯幫他寫劇本，當場氣得想打我，幸好給在
場的何冠昌喝止住，説倪匡是玻璃造的，經不得打。李小龍堅持
我打還他幾下，終於我打了他三拳，他見我手疼的樣子有趣，叫

衛斯理與倪匡

我太太也打，於是倪太也打了他三下。李小龍的身體真是好強壯，肚子硬得像桌子般，我打他一拳，反而自己痛得要死。後來很多朋友聽到這個故事，都羨慕我打過李小龍，但我跟李小龍說：「你這叫橫練外功，很傷身體，要多加注意。」但他非但不加以注意，還拼命吃藥，最後英年早逝了。

但另一方面，李小龍又是個正常人，當時我們一起去看《精武門》的首映，因為之前《唐山大兄》大賣，他已經紅透香港，戲院裏的千多名影迷一見到他便都大聲尖叫起來，我們坐在高層，下層的觀眾都跑到前面去，抬起頭來要看李小龍，弄到午夜場都開不到場。當時李小龍很緊張地捉住我的手，手心不停冒汗，問我該怎麼做，我就胡亂回答說「那你像希特拉那樣揚揚手啦」，結果他一揚手，全場影迷立即大叫起來。我當編劇多年，作品拍成的電影眾多，首映禮則幾乎沒有出席過，《精武門》那次是個特例，主要是陪伴李小龍替他壯膽。

依我說，我認為李小龍是個表演藝術家，而非武術家。武術家應該像葉問、霍元甲那樣，一場又一場真正的架打過來的，你去查資料，找不到李小龍真正打架的記錄和比賽的記錄。很遺憾我和李小龍相識多時，都沒正式拍過合照，不過許多年之後，有人從舊相片中，看到應該是電影慶功會的一個場合中，李小龍和

別人談笑之間被拍攝下來，在空隙之間，背景桌子之上，那回頭望過來戴眼鏡的西裝友，不是本人是誰？真是巧合得很啊。有人居然還能考究出，說那是「一九七一年十一月六日嘉禾為李小龍電影《唐山大兄》設的慶功宴，地點是今尖沙咀星光行五樓的『翠園』」，真的利害之至。

導演羅維以為所有寫劇本的人都想做導演，在我寫劇本很出名了之後，他找到我家中，問我想不想做導演，從下午五點鐘一直講到半夜一點，到他實在餓得撐不住了，我便陪他去吃夜宵，他吃飽了，又再問我：「怎麼樣？有沒有興趣？我馬上給你安排。」我直說：「沒興趣。」氣得他大罵：「你為什麼沒興趣？」我知道那時候一定不能敷衍他說「讓我考慮考慮」，否則他三天兩頭地來找我，會把我煩死，必定要嚴詞拒絕他，便對他說了一句天下最混賬的話：「我自認上輩子沒有做過什麼壞事情，這輩子何至於淪落到要做導演？」登時氣得羅維三個月都沒有理睬我。

我覺得天下有三種職業最辛苦，除了煤工和鹽工，就是導演了。我沒有做導演應有的領導慾，而且我這人十分個人化，自主性很強，要我每天跟幾百個人一起工作，根本做不來，做了也會很痛苦，所以絕對不會考慮。

第三十一屆「香港電影金像獎」把「終身成就獎」頒發了給我，我很高興。我近年都絕少外出活動了，尤其是在晚上的，那晚也特地到現場去接受了獎項，之後匆匆回家。

二〇〇六年十一月我獲邀在「星光大道」上留下手印，也是因為我在香港電影業界所作出的成績。那時候我寫的電影劇本真的很多，是因為劇本費比稿費高得多，但到後來，就算給我十萬元一個劇本，算起來也和稿費差不多，那我何必要花時間和人家討論劇本？寫完了還要給人家批評寫得不好。比較起來，寫電影劇本沒有寫小說那麼好玩。我這人主觀強，不喜歡聽人意見，寫劇本要加進導演、老闆等人的意見，便不好玩。

而且後來的那種劇本，我實在不懂寫，連張徹找我寫，我也推掉了。以前我們寫劇本，講究「起承轉合」，故事要說得通，首尾呼應；後來的電影不用那樣，但求個別片段過癮，完全無須理會故事通不通，差不多根本不需要劇本。

後繼者誰

大家很喜歡問我那經典的「南極白熊」事件。當年我的小說《地心洪爐》在報紙上連載，寫衛斯理在南極遇上白熊，他把熊

■「射雕英雄宴」左是鏞記
老大甘健成。

殺了，吃了牠的肉、披上牠的皮才能保命，有個讀者寫信來罵：「南極哪有熊？北極才有熊。」我心想南極只有企鵝，我總不能把那改成企鵝吧？

那讀者每星期寫封信來，語氣強烈，要我公開回答「南極沒有白熊」，當時我在報上有個名叫〈沙翁雜文〉的專欄，我就把本來二百五十字的篇幅，放大字體，寫說：「某某先生，今天我要回答你的問題，第一，南極沒有白熊；第二，世界上也沒有衛斯理，為什麼你不追問呢？第三，第三沒有了。」連金庸也替我打圓場，說：「原來南極是有白熊的，現在沒有，因為給衛斯理殺掉了。」那位讀者最後的一次來信，只寫兩個大字：「無賴！」哈哈哈哈！

後來我的書在台灣出版，「遠景出版社」也叫我改一改，問我改成北極好不好，我說我不要，我喜歡南極，南極比較神秘一點。他們說台灣有識之士很多，有人來找我的錯便不好了，我說：「有人來找你，你就這樣回答他：衛斯理也不存在。」

這種「不符合科學」的情況，在我的小說中多不勝數。「香港理工大學」的校長潘宗光說讀書時很喜歡看我的書，到自己學了科學後才看得出毛病之多，幾乎沒有一件事情講得通。我說當然講不通，講得通就不叫小說了。

衛斯理與倪匡

　　我這個人天生懶惰，過得去便算數。我很隨便，寫稿也是這樣，寫那麼多稿，寫完不會看第二遍，過得去就算了，有點錯又何妨？我近年重看一些自己的作品，發現有好些小說是收不到科的，例如在《不死藥》中，衛斯理服了不死藥，可長生不老，但會變成白癡，我最後寫著：「結果會怎樣呢？其實大可不必擔心，我是連續小說的主角，當然逢凶化吉，不會有事的！」便把故事完了，相當不負責任。這故事你現在叫我去想，也還是不知道可以如何埋尾，可見我的創意這麼多年來，並沒退化。

　　別人寫「連作小說」，因為採用相同的主要角色來寫故事，或者會顧及到不會讓故事之間出現矛盾，我卻不會。在我不同的小說中提出之見解，很多並不一致的，我認為並不是問題，我只是在不同故事中寫出不同的可能性而已，歸根究柢，小說寫得好看才最重要。

　　〔如我在《另類複製》一書的序文中所講，「幻想沒有限制，同一件事情，可以從無數角度去幻想去假設，這個幻想可以和下一個幻想不同，下一個幻想可以和上一個完全相反，這種現象完全正常。如果對一件事情只有一個幻想，那不知道是不是還可以算是幻想。聽得有人不以為然：衛斯理故事那一個這樣說，這一個又那樣說！其實正應該如此。」〕

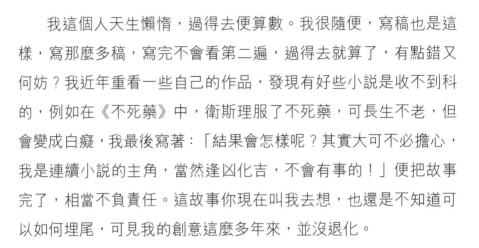

衛斯理與倪匡

　　我自認為自己寫的小說是很好看的小說，否則不會幾十年來，我的書一直有人看，而且不斷有新讀者加入。我的小說，至少做到三點：氣氛逼人、情節詭異、構思奇巧。

　　我認為小說只分兩種：好看的和不好看的。好看的小說，一定要有豐富的情節和鮮活的人物。小說倘若寫得不好看，即使裏面有再多的學問、道理或藝術價值都沒用。一名作家的責任，就是要寫出讓讀者廢寢忘餐的作品。

　　我的故事中，愛情處理不算好。我覺得愛情故事方面實在太簡單了，男和女在一起，只有三個可能：團圓、分手或同歸於盡，難有什麼變化，所以我很佩服亦舒可以在男男女女離離合合之中，寫出幾百本愛情小說來，題材仍不絕。我談戀愛的經驗也不多，我跟倪太談戀愛四十多天已經同居了。而且科幻小說跟愛情小說不同，由於情節往往太過豐富，便無法多費筆墨去描寫男女主角的感情衝突。

　　關於作品所要表現的思想意識，這點是每個作家都會有的。長篇作品不談，我寫的武俠短篇，主要是想集中表現人的各種本性，不過後來我發現，寫科幻小說比寫武俠小說更容易表現這種思想，便更少寫武俠故事了。我有部武俠作品《俠義金粉》，寫四個壞蛋遇上了一個可愛好玩的小女孩，他們當然不想幫助那女

子，但後來卻又莫名其妙地救了她一把，這就是要顯示人性並非全惡，往往也蘊含有善的一面。

常被人問到如何可以成為小說作家。道理十分簡單：開始寫呀。即刻寫，不斷地寫。只要開始寫，就會越寫越好。也很常被問到，當今的科幻作者誰最有潛力，能寫到像我這樣的成績，答案也是一樣的：寫得勤的都很有潛力。

稿量最多的時候，我同時要寫十二篇小說〔其中有五部是武俠的，兩部是愛情的，三部是偵探的，一部是科幻的，外加四五個專欄〕，便在家中牆上拉一條繩子，拿小夾子把每個要寫的故事夾在繩子上。今天該寫這個了，就把這個摘下來，一口氣寫上十二天；明天該寫那個，就把那個摘下來寫上十二天，每次寫大概不到兩萬字。我寫二萬字不用五個小時，很輕鬆，還可以有空搓麻將牌。我也不知道怎可每天寫這麼多，這是我唯一吃飯的本事。一般來說我一個小時可寫九張五百字的稿紙，除去空格標點，最多三千字，而事前是完全沒有腹稿的；最高紀錄是一小時四千五百字，那是所謂「革命加拼命」的速度。有的作家可以用錄音機，我對著錄音機卻一句話也說不出來。

有人說由於很多人都看不懂我所寫的字，所以負責排版的字房有專人替我排鉛字粒，那當然是虛構杜撰的事。那時候一份稿

會剪開十多條，幾個人一起排鉛字粒，哪有專人負責？而且我寫的是正正式式的草書，所謂「草書一出格，神仙都不認得」，我寫得有規有格，人家怎會看不懂？

據內地一位網名叫「諸葛慕雲」的小友一篇文章中所講，他曾拜訪過已經旅居加拿大的劉乃濟，劉乃濟說他當年是《四海週報》的主編，《四海》的老闆鄒文懷先生見我編劇的電影《獨臂刀》很賣座，請我把劇本改為小說在《四海》刊登，他們的排字工看不懂我寫的字，最後是劉乃濟親自把我的稿謄正的，幸好後來他們找到其他看得懂我文字的人作排印，劉乃濟才不必一直替我抄稿云云。關於這種傳言，是否因此而起的，我不得而知，但即使真有其事，也是十分個別的例子而已。

從前我寫作時，要一路聽著音樂來寫，後來採用聲控電腦寫作，周圍根本不能有噪音的，這習慣便停止了。仍用紙筆寫稿時，我用的私家稿紙是由出版社提供的，紙張大，周圍空白多，看起來舒服一點；稿紙設計上採用的幾個印章，那「倪匡」二字，是蔡瀾替我製作的。用的筆是「斑馬牌」原子筆，筆套會丟掉，還會把筆桿拗斷弄短，盡量減輕重量，書寫起來是可以快一點的。書桌桌面要成三十度仰角，坐久了才不會腰痠背痛。

我寫小說時又會不時喃喃自語，把書中的對白唸一遍，而且是用國語講，不是用廣東話，目的是要看對白說起來是否通順。有些小說的對白，根本不像是人說的話，我寫對白時則是會代入那個角色、那個環境才構思，所以才能寫得生動。對白生動，小說的情節才容易推展，容易吸引人讀下去。

從前報章連載對小說創作其實也有很大幫助的。說起來很奇怪，報章上的連載小說本來極繁盛，一下子忽然像完全消失了。採用這種發表方式，作家開始寫作後，每天連載，就逼著要寫下去了，也得每天構思吸引讀者的情節，而且情節變化一定要快速，語言一定要乾淨利落。幸好報紙上雜文的連載專欄一直保持著，而且近年也有報章重新嘗試刊登連載小說了。

我認為，好小說應包括生動而有性格的人物、曲折的情節、淺白的文字，加起來便可以成為吸引人的故事。具體地應如何寫作呢？我可以分享一個寫小說的簡單方程式：「頭好，中廢，尾精」，即是文章開頭要精彩，引起注意；中段可以盡是廢話；結尾要精彩絕倫，留給讀者好印象；結尾盡量圓滿，不能圓滿也罷——只賣數十元的一本書還苛求什麼？我寫稿並非文藝創作，只是為了滿足副刊的需要。

■我任會長的香港作協首次
　會員大會。

關於「寫廢話」，有一次「香港作家協會」舉辦了個小說訓練班，要我擔任講師，我跟那些學生說：「每個人都想知道小說應該怎樣寫，其實寫小說容易得很，只要有大量沒意思的話。」結果被大喝倒彩。那是事實，我告訴他們，他們又不相信。若完全沒有沒意思的話，任何複雜的橋段，三言兩語都可以交代了，小說還怎麼算是小說？只是個大綱而已。我最不會寫大綱了，當年寫電影劇本時，羅維請我寫電影的故事大綱，讓他拿去找老闆投資開戲，我也告訴他不懂得寫。我不擅於說故事，只能透過文字表達；只要有個概念就可以寫篇科幻小說了，情節可以寫到那裏才變化。其實作家本人，是每部作品都想寫得很好的，但是作品的好壞往往不受作者控制；有時一些很好的題材，寫出來的故事很沉悶，一些開始時概念並不完全的例子，反而寫出了很好的小說。

我寫劇本沒有周詳計劃，跟導演喝一兩次茶聊聊天，談了大概的構思，把摘要記在香煙包裝紙上，便回家去寫了。寫小說我也從不打腹稿，不過開始故事之前，大約的情節總是有的，只是到了正式寫作時便會起了變動，有時候簡直會變得面目全非。最典型的例子莫過於《湖水》了，那是一九六九年的作品，一開始是打算寫一個關於「鬼上身」的故事，後來因那樣的想法實在不

衛斯理與倪匡

能為當時社會所接受，硬把事件扭曲說成是人為，便變得不倫不類了。〔在《湖水》之後，相隔十年，我寫了《木炭》，切切實實地在故事中承認靈魂的存在，是因為期間我親身經歷了至少兩件鬼魂事件，都是沒法子用任何的科學角度解釋清楚的，不由我不信。〕

有人說中國比起外國，科幻作品及科幻小說家很少，認為是因為中國人缺少想像力。我並不認同。中國人的想像力一向很豐富，你看《山海經》、《淮南子》等古書，其實就是想像類型的科幻書。我想後世中國的科幻小說不多，原因主要是跟中國人不重視科學有關，因為不重視科學，就不講求證據與推理，這樣下去，科幻小說自然也不能生存了。

很多朋友和讀者都問我會否再次執筆寫作，我可以肯定的說一句：不會了。在我退休前幾年，已經出現一個很可怕的現象，我的手逐漸不聽腦部的指揮，寫字的速度追不上腦部構思的速度，寫的時候往往漏了一段，跳到下一段去了。初時我還以為是報館漏排了，拿原稿一看，才知道是自己出錯，因此後期寫作時盡量小心一點，寧可寫慢些、寫少些，反正多寫也不會發財，少寫也不致餓死。

衛斯理與倪匡

《只限老友》是我所寫最後的一個完整故事；至於不完整的，真正最後的小說作品，或者算是我替梁鳳儀的《我們的故事》所寫的第一章內容。那第一章全章就只三句話：

一九四九年。

中華人民共和國成立。

梁鳳儀在香港出生。

哈哈哈哈！

現在我的「寫作配額」已經用光，不是想不想寫的問題，而是想寫也寫不出來──亦不是説我已經完全寫不出東西，而是從前多長多難的文章，我都是一揮而就，現在短短數百字的一篇序文，寫起來都極辛苦，而且還寫得不像樣，那便是沒有「寫作配額」了。

如果你要問這樣的事情具體是如何發生的，也許過去幾十年我寫的東西，都不是我自己想出來的，是外星人把一些稀奇古怪的意念灌輸到我的腦袋中，再操縱我的身體寫出來，現在外星人離開了，我就再也寫不出像樣的東西來了。這説法好像很荒誕，但不是沒道理的，否則為何我重看舊作時，常常感到十分新鮮，根本記不起自己曾寫過那樣的文章？哈哈哈哈！

有人說我的小說《追龍》中「預言」東方將有一個大城市要毀滅，頗能對應近日的香港政治環境，惹來不少熱議。二〇一九年我出席「香港書展」的一個座談會，被問及小說的預言是否已成真時，我如實回答自己的想法只是天馬行空和莫名其妙，所寫內容如有符合現實純屬巧合，我並沒有預測能力。如果說與世情對應，另一部作品《瘟神》寫新疫症出現，令到世界人口大減的，也許亦有人認為我有預言能力，又或者我是知情人士了，那當然不是事實。有人替我計算過，我單在「衛斯理系列」中，寫到世界末日的原因也有五六種了，那些說法甚至是彼此間存在矛盾的，就在同一系列故事中出現，我也認為沒有完全問題，看小說就是看小說嘛，何用那麼認真。

現在我的「思想配額」倒還有，所以間中仍有創作的靈感，想出一些有趣的小說點子來，不過已經不會把它們寫出來了。那一年，和古龍暢飲至瓶瓶皆空，忽然想到，瓶子看起來雖然空了，可能還有一些剩下，就將酒瓶倒轉，放在杯上，大約三兩分鐘，就有一滴沿瓶口落下，每個空瓶，可落下二十三滴到二十六滴不等——這就是配額用完之後的情形了，現在在用的，就是那些點滴。在腦海中想到有趣的構想，自己高興過了，過了癮，已經足夠。倒是在網上，我見過有不少署名「倪匡」的偽作，有些我覺

■再會三毛。

得水準還挺高的，作者能寫得那麼好，為什麼不寫自己的東西呢？我覺得真是太可惜了。

衛斯理與倪匡

呼朋結友

我很好福氣，這生人有一大班好朋友。我想是因為我性格隨和，多記住別人的好處，少記住別人的壞處；加上我是獨自工作，從不跟任何人有直接關係，不涉及辦公室政治，不會有利益矛盾。我很少與人衝突，話不投機的便不再見，基本上人人都可以做朋友。有人說我是「老頑童」，我不同意，因為頑童是沒有是非感的，只是一味好玩，你看金庸筆下的「老頑童」周伯通便知道了。我的是非感卻是很強的，只是我從小不喜歡生氣，因為那對解決事情沒有幫助。

古龍是我最好的朋友。我和他先是經書信認識的，我因為知道他是個好作家，所以幫《武俠與歷史》雜誌向他約稿，那次合作，他所寫的便是後來十分出名的《絕代雙驕》；兩三年之後我到台灣去大家才首次會面。我和古龍在個性上可以說是完全不一樣的，加上所謂「同行相輕」，本來應該是成不了朋友的，但偏偏卻一見如故，無話不談；那次會面，我們還特意到影樓拍了張照片留念。

那次之後，我們很長時間都沒有見面，直到一九八○年後，我經常到台灣去見面才多一些。古龍經常罵我重色輕友，因為我不是很肯為朋友到台灣去，反倒是為女人去多一點；而古龍因為逃避兵役，不能出國，也不能離開台灣。

由一九五七年到一九八○年，我雖然自知武俠小說寫得不好，但仍不斷的寫，直到有一次，到台灣去了，臨走時古龍送我一部叫《英雄無淚》的新作，我看完之後，就不再寫武俠小說了。本來我還以為自己的武俠小說雖然沒法子寫得像金庸那麼好，至少也得像古龍那樣，可是看完那小說之後，卻覺得自己連古龍也比不上，那還寫甚麼？有一說我因這一醒悟，而把一篇本來已寫了六千多字的武俠小說撕掉，但若稿已寫出，交出去便有稿費可收，又豈有撕鈔票之理？可見傳言之禁不起推敲。

我雖然寫武俠小說不如古龍，但在身受編輯之職，當古龍的連載作品脫稿，要開天窗時，不得已，也替他代寫過。大概是在現時所見《絕代雙驕》中第廿五回〈死裏逃生〉的末段吧，古龍寫到小魚兒被打落山谷，被很多高手追捕，之後他有事不能寫了，我便從小魚兒把一塊翡翠扔出洞外開始，寫了約十萬字，之後古龍不知故事發展到哪裏去了，便將我所寫的，解釋成小魚兒所發的一個夢，之後再接回自己所寫的內容；而我所寫的約十萬字內容，在結集出版時也刪去了。

■我和古龍首次會面合照。

我和古龍每次見面總會喝酒，不過我雖愛喝酒，酒量卻不及古龍的大，而且我愛慢慢的喝酒，把酒的味道喝出來，古龍根本不是「喝」的，而是用「倒」的，張開喉嚨，直接倒進胃裏，而且他這樣喝酒，也能分得出酒的好壞，我是特地測驗過他的，真是很奇怪。

在《大成》雜誌第六十五期，古龍寫過一篇〈倪匡讚〉：「我兄倪匡，有筆如鋼，夫婦唱隨，叮叮噹噹。」還有備註說：「叮叮噹噹，非金庸兄『俠客行』中人物，乃數銀錢聲也。」

我大笑說：「數錢而有叮噹聲，當是輔幣，是則真正『弄勿好』矣！」這話後來在下一期書中刊出了，並有我回贈的一篇〈古龍讚〉：「吾弟古龍，妙筆春風，日盡三斗，偎翠倚紅。」又學他加個備註：「此神仙中人也。」

古龍還同時加注說：「倪匡好厲害的回馬槍，豈不知『偎翠倚紅』四字，會害人跪算盤的。又：數錢而有『叮叮噹噹』聲，乃數金幣也，非輔幣，此四字亦可作秤鉈與秤相擊聲解。」真是妙不可言。

古龍死時只有四十七歲，極之可惜。他是個絕頂聰明的人，我們一起去測智商，他得分一百八十多，我只有六十多。我一生

當中寫過最好的文章就是古龍的訃文，只有三百來字，很多人看了之後，爭著要我為他們寫訃文。在古龍的葬禮上，他的遺像懸掛在靈堂的中央，兩邊掛滿了的輓聯，都是出於朋友之手，大多是以白話文寫出來的肺腑之言。我所寫的是：「你已竟遠去了，我還會久留嗎？」而三毛寫的是：「來得多彩多姿，去得無影無蹤，不忘人間醉一遭。筆暗或許輕微，安心稍待片刻，我們隨後帶酒來。」

我另寫有一對傳統輓聯：「近五十年人間率性縱情快意江湖不枉此生，將三百本小說千變萬化載籍浩瀚當傳千秋。」

我的白話輓聯那麼寫，是因為我與古龍打交道已有十八年，覺得我和他原本是合為一體的，古龍一走，我便像被劈成兩半，活著已沒有多大意思了。我是真心那樣想的，在葬禮當天，也不斷跟人那麼說。

在古龍死之前兩個月，我在美國，古龍還曾從台北打電話給我，我問古龍在幹什麼，他說在喝酒。那時古龍已經住在醫院了，大概知道時日無多，我們一邊談，一邊哭，足足哭了五十分鐘。古龍還告訴我，若有人拿刀子要殺我，能夠擋在前面的，只有他。

古龍待朋友，有很濃的江湖味，有次我跟他在喝酒，三毛來

■我替古龍寫的訃文，是我一生中寫過最好的文章。

了，他忽然對三毛說：「三毛，有沒有人欺負過你？以後若有人
欺負你，告訴我。」說完還一本正經地把他的本名和住址寫下來
交給三毛，令三毛聽了好不感動。

古龍去世之後，一幫狐朋狗友也不管他，只有我和另外一個
朋友合辦古龍的葬禮，本來說好費用一人一半。結果我到了台灣，
那個朋友不見了，我一個人哪有那麼多錢？這時候「邵氏公司」
的經理方逸華小姐——後來的邵太——說：「只要你們不再亂來，
古龍葬禮所有的費用邵氏來出。」這簡直是及時雨，我說：「你
真是偉大，否則的話我頭都大了，不知道怎麼辦才好。」邵太又
叮囑：「我再說啦，你們不許再亂來。」我問：「什麼是不亂來
啊？」她說：「你們買四十八瓶 XO 夠了，不要再買四百八十瓶
了。」我說：「我明白。四百八十瓶，棺材裏放不下啊。」後來
邵太還派來兩個很能幹的人來幫手，有條不紊地打點一切，她的
恩情，我這輩子也不會忘記的，否則的話四十八瓶 XO 我哪裏買
得起。

葬禮舉行的時候，有人說我們把酒放在棺材內，報紙上登出
來，肯定有人要偷酒的，古龍死了也不得安寧，大家商量過後，
決定把每瓶酒都喝掉一半才放下去，那就不會有人偷了。我喝著
喝著，悲從中來，對著躺在棺材裏的古龍說：「古龍，你也來喝

衛斯理與倪匡

一點。」酒還沒有倒進古龍嘴裏，他口中就噴出兩公分的血柱。

當時三毛等人在旁也看見的，還拿紙去堵住古龍的嘴巴。我那時也已經喝得差不多了，說古龍在裝死嚇我們，就要上前去把古龍扶起來，兩條大漢走上來扭住了我的胳膊，扭得我好疼，說在那種情況下我不能碰的，屍體碰到陽氣會屍變。然後他們就急急忙忙加上了棺蓋。

三毛拿了一大捧帶有古龍鮮血的紙，問我怎麼處理，我說：「我要我要。」結果帶回香港去，把我老婆嚇得要死，給扔掉了。前幾年古龍的兒子打官司要做親子鑑定，給我打電話，說：「匡叔，聽說你收藏著我爸爸的血跡。」可是我哪裏還拿得出來？

談到三毛，我跟她的交情也很好。我久仰她的大名，首次會面時本來有些戰戰兢兢，怕她架子大，不好講話，可是我們見面不到三分鐘，就已經爭著講話，各抒己見，毫無忌憚，真是快事。三毛的聲音極動聽，她精通多國語言，包括英語、德語、法語、西班牙語等等，可是那次會面，從頭到尾，將近四小時的談話中，她一直用國語，雖然久居國外，一點也沒有「中國話有時不能表達思想」之感；而且我還意外地知道了三毛祖籍浙江寧波，跟她講了句寧波話，倍感親切。

■在古龍棺木中放入 XO。

有一次我在台北，到古龍家去聊天，三毛也在座。當晚她穿着露肩的衣服，肌膚賽雪，我和古龍看到都忍不住，偷偷地跑到她身後，數了一二三，兩人一齊在她左右肩各咬一口，三毛並不生氣，反而哈哈大笑。又有一次我和三毛到台中去演講，她很受歡迎，那天來了七八千個讀者，還有幾個比較文學的教授，大家介紹自己時都説是某某大學畢業的。輪到我，我只有結結巴巴地説我只是小學畢業。三毛對我真好，她向觀眾説：「我連小學都還沒畢業。」你説她是不是可愛得很？

三毛在寫作上的成就，人人皆知，不必多説，其實她另有十分靈異的能力，這種能力只能用「靈異」兩字來形容，是人類現階段科學尚不能作有系統解釋的，但確實存在，而且不斷在發生，但由於人類的科學尚在十分幼稚階段，面對著那些事實，恰如一個幼稚園生面對著複雜的數學難題一樣，手足無措，只好冠以「迷信」、「不科學」等帽子。

我不但完全接受三毛所説的一切，並且建議過她保留所有記錄，並有系統地將經過撰寫出來。三毛的靈異世界若能發為文字，不單有文學上的價值，而且有極多科學上的價值，我們應該先實事求是，承認了事實，雖然不解，但慢慢去研究，而不是否定。我跟古龍和三毛有一個「生死之約」，相約三人中誰先離世，靈

魂也要盡一切努力與在生的人溝通，以解人類死亡之謎。後來我才知道原來三毛跟林青霞等人也有類似的約定。結果古龍先走，我連發夢都未曾夢見過他，三毛還笑説一定是古龍在陰間喝醉了；沒多久三毛也去世了，至今他們都未有踐約來找我。

老交情的當然還有金庸。我和金庸第一次見面的時間，現在記不起來了。那時候，我們那幫聯繫起來的幾個南來香港的青年，經常聚在一起喝下午茶，談天説地，當時有張徹、董千里、蕭思樓等等，金庸有時候也參加。張徹那時候還沒有做導演。我和金庸的交往，我覺得是君子之交，我們之間永遠是他來找我，這麼多年來我從來沒有去找過他；每次聚會都是金庸邀約，或是蔡瀾安排飯局，我識了金庸那麼久，打電話給他的次數不會多過兩次。因為我覺得他是大人物，那麼忙，又有錢，不好去煩他，怕他以為我想借錢，哈哈！有次金庸曾打開抽屜給我看，內裏全是借錢出去的單據，他還説：「為什麼我會給你看？因為當中沒有一張是你的。」

金庸很有學問，我也很喜歡和他在一起。有人把我們二人加上黃霑、蔡瀾，給個「四大才子」的稱號，簡直莫名其妙；四人中只有金庸學貫中西、博古通今，是真正配得上「才子」二字，放在其餘幾位身上，這種稱呼都是個笑話。金庸學識淵博，我最

■與古龍及三毛有個「生死之約」

衛斯理與倪匡

崇拜，朋友之間一有幾分尊敬便會沒那麼熟落，無論多麼相知，言談時始終會留有分寸。就像我和黃霑聊天，可以叫他「衰仔」〔編按：類似「臭崽子」的意思〕，我見到金庸，沒可能跟他說「衰佬，你最近在忙些什麼」吧？所以我和黃霑、古龍相處可以用「無所不談」來形容，和金庸相處卻不可以。

我跟金庸性格相差甚遠，甚至可以說是截然相反，不過大家都是來自江南，興趣相投，所以他外出旅遊常邀我同行，每次旅行，大家都可聊個不停。我認為那是因為我和金庸的眼光差不多，一些事情我們都看不過眼，他未必開聲，我卻會罵出口，可以抒發他的心情。金庸是個十分有器量的人，他的胸襟廣闊到有時我們身為朋友也看不過眼，有些人用很下流的手法對待他，向他作人身攻擊，而且不但宣之於口，還發言為文，但金庸把這些行為全看在眼裏，非但一笑置之，還依然對那人十分器重，看他器量之大，便知道他是個做大事的人，令我們一班朋友佩服不已。

有次金庸得到鄧小平接見，他邀我同行前往北京，我南下香港二十多年後，有機會再次涉足大陸，並不抗拒，但心知以我向來的政治形象，根本不會獲批證件，但見金庸熱心，便由得他去處理。他的申請，第一次失敗了；再次努力，成功獲批，但有條

件,説面見首長之前要搜我身,我只好大笑,事情作罷。我還以為黨很英明,想不到官員辦事卻這樣笨,難道我去見鄧小平時,還會帶柄刀在身上不成?我明白自己不受官員歡迎北上,因為他們知道我不受控制;我的生性胡鬧,金庸常説我「無法無天」,若我真的成行而作為嘉賓見到鄧小平,談話時卻出言不遜,到時他們捉我又不是,打我又不是,何等尷尬。

跟我合作最多的朋友,或者算是張徹。我跟他的相識,是從筆戰開始的。張徹是個非常出色的文人,書法、作曲什麼都會。那時候我在《真報》客串寫影評,他在另外一份報紙上寫影評。我寫影評,有時候是根據一張海報就開始寫了。張徹是真正懂電影的人,看到我寫的影評,看不過眼,就在報紙上寫文章罵我,説我沒有題材寫東西,沒有看過電影就亂寫。我就跟他論戰:「你這位先生真有趣,不是評電影,是評影評,不是影評家,是評影評家。」後來董千里看到了,説:「張徹我認識的,找他出來喝咖啡。」我們一見面,就很投機,成了很好的朋友。

後來張徹當了導演,忽然來找我寫劇本,我説我不會寫劇本,他問我:「你知不知道有一種東西叫電影文學劇本?」我説:「知道,我很喜歡看。」他説你就照那樣寫吧。於是我便開始了寫劇本的生涯。我給張徹寫的劇本都是文學劇本,你讀我寫的劇本就

■在賽西湖家中的貝殼收藏品。

衛斯理與倪匡

像看一篇小説一樣，從頭到尾沒有電影術語，直到現在我也不會寫那種有電影術語的劇本。

意氣相投

我的朋友中，黃霑也是很有才華的人，不過很多人説他是我的損友，哈哈！我跟黃霑很早便認識了，第一次見面是在一九七二年──我記得很清楚，因為那時候我另外租了一層樓來擺放貝殼，我放貝殼的房子比現在的房子還大。我和黃霑一見面就談得很投機，根據我的説法，就是「我們腦電波的頻率很合拍」。張徹的輓聯「高山傳天籟，獨臂樹雄風」是黃霑寫的，當時我跟他説：「對得妙，改天我死了，也由你來寫好了。」誰知道他走得比我還早，人生真是很無常。

黃霑去世時，蔡瀾寫了「一笑西去」四個字悼念他。如果讓我寫四個字，我就寫「豈有此理」。你看我抽煙比他更厲害，就沒有見我生肺癌，算是什麼道理？

近年見香港人很多時因為政見不同，與親朋戚友爭辯得甚至鬧翻了的，我們那代文人，只要是談到話的朋友，什麼話題都可以討論，就算談到面紅耳赤也不會怕得罪對方的，這樣的老朋友，

陸續離開，現在只餘下我一個，當然寂寞，但也習慣了，反正我也不會主動聯絡朋友，就當是朋友在世只是沒來找我吧。

我從來討厭各種儀式，包括喪禮，老朋友去世也不一定會往道別，而且我的身體也愈來愈差，多次小中風後，連行動也不自如，便更少外出。例如金庸的喪禮，如果有蔡瀾陪伴，我們便可一起前往，他不去的話，我亦不會出席了。

金庸去世後，有記者訪問我，我以八個字評價他：「一流朋友，九流老闆」。站在勞資立場，說金庸九流是真的，你向他要求加兩元稿費，他可以跟你爭拗老半天；換成作為朋友相處，說他一流也不假，因為他十分遷就朋友。我愛吃魚，每次飯局，金庸總會先挾起魚頭給我，說「怕有人跟你搶」，有次我吃不下，金庸大喜道：「你不吃，我吃。」我嚇了一跳，才知原來金庸也很愛吃魚頭，只是每次都讓給我，令我很感動。那次之後，每次再有魚頭，我和金庸都會推讓一番，不過最後，還是落在我的肚內。

我用十六個字來形容金庸的小說：「金庸小說天下第一，古今中外無出其右。」看了他的小說超過半個世紀，現在拿起金庸作品仍愛不釋手。

■我們三人被香港媒體稱為
三名咀。

金庸把舊作修改後推出新版，我與朋友相聚，問他們：「看了『最新修訂版』沒？」有意略去了「金庸小說」四字，但也人人明白我何所指，因為凡喜愛閱讀金庸小說者，必然知道金庸花了三四年時間，再次修訂他的十幾部小說，成為「最新修訂版」，且已全部出版。得到的答案卻令人不高興，因為十有八九的回答是：還沒有看。雖然說書放在那裏不會跑了，可是有這樣好看的書在，怎麼能不爭取第一時間就看呢？忍不住想要責備幾句，可是一想到自己的情形，就無話可說了，因為「最新修訂版」從到手到開卷，也有三四個月的時間，並非第一時間就看的。

為什麼遲遲不開卷看新版本？原因自然和回答「還沒有看」的朋友一樣，一個字：怕。怕什麼？〔這三個字是千古名句。〕怕新不如舊。本來的金庸小說，已經登峰造極，不看新版本，腦中至少有舊版本，或有了舊版本，就心滿意足，知足常樂，不再追求新的，或由於不知新版本究竟如何，怕不能接受……等等原因，使老讀者對新版本有一定程度的抗拒。

我看過首幾部「最新修訂版」後，已經絕對可以肯定，大聲告訴各位金庸小說的愛好者：不要怕，新版本不但絕不存在「新不如舊」的問題，而且大大超越了舊版本，也就是說，內容不是減，而是增，增得佳妙無比，增得不可思議。

衛斯理與倪匡

本來已經是最高峰了，怎能再高？可是硬是高了上去。作者的創作能力，簡直無窮無盡，本來不受注意的一些人物，加添了一些簡單的對話和動作，就立刻使人物鮮蹦活跳起來，立刻使畫面更加立體化，更生動，更吸引人。金庸的寫作態度極其認真，作品改了又改，屢創高峰，文學史上，堪與比擬者，怕只有將作品「披閱十載、增刪五次」的曹霑老兄了。作為讀者，非常希望看到金庸再有新作，這自然是讀者的妄想，但在沒有新作之前，「新修版」絕對可以滿足喜愛金庸小説讀者的要求。

我記得當年我還在《真報》工作時，與金庸論戰過。《真報》是一份極右派的報紙，極端反共，而《明報》則表示中立。有一次金庸在《明報》上説《真報》「只顧反共，不顧事實」，我寫文章作出反駁，説「我們既顧事實，又顧反共。」那時候《明報》創刊已經接近兩周年了。有人開玩笑對我説：「你這樣和金庸對著幹，小心他不讓你在《明報》寫稿呀。」我想那有什麼關係，反正有大把的報紙讓我交稿。《明報》兩周年的時候我去參加宴會，查太太在活動上大聲問：「倪匡來了沒有？他這樣罵我們，還敢來嗎？」我笑嘻嘻地説：「早就來了，就在你後面。」查太太大笑。那個鏡頭我記得太清楚了。

當時我在《明報》上寫的小説，是《南明潛龍傳》。我有一

■告別金庸。

些武俠作品，例如《天涯折劍錄》，於《明報》及新加坡《南洋商報》合辦、隨報附送的《東南亞周刊》內連載時，寫著是「金庸、岳川合著」，那只是包裝宣傳，借了金庸之名，增加對讀者的吸引力，事實上內容全是我個人執筆。合作撰寫小說不是不可能，但以我和金庸創作能力距離之遙遠，我們合著，卻實在是沒有什麼可能的事。

我曾代金庸寫過一個時期的《天龍八部》連載，把書中人物阿紫弄瞎了，這件事經常被人提到，不過在那之前還有一段小故事。

話說在金庸寫完《倚天屠龍記》，《天龍八部》在《明報》第一天開始連載當晚，金庸約我會面，在座的還有新加坡的一位報館主人。那位報館主人是特地到香港來找金庸的，他要求金庸別結束《倚天屠龍記》，繼續寫下去，可是金庸已將全副心神投入創作《天龍八部》，不可能同時寫兩篇，所以特此約晤，要我代他撰寫《倚天屠龍記》的續集。

金庸跟我説：「新加坡方面的讀者十分喜愛《倚天屠龍記》，希望有續篇，我沒有時間，特地約了新加坡的報紙主人來，竭力推薦，請倪匡兄寫下去，一定可以勝任。」新加坡報紙主人説：「金庸先生的推薦，我絕對相信，要請倪匡先生幫忙。」

衛斯理與倪匡

衛斯理與倪匡

　　我聽到金庸的說話，腦中「轟」地一聲響，感覺飄然欲仙。他們還在說話時，我大口喝著酒，半晌不語，之後神色莊肅，開始發言。那大抵是我一生之中最正經的時刻了。

　　當時我說：「今天是我有生以來最高興的日子，因為金庸認為我可以續他的小說，真的太高興了。其高興的程度，大抵達到一輩子都不會忘記。可是我這個人有一個好處，就是極有自知之明。而且，我可以大膽講一句，世界上沒有人可以續寫金庸的小說。如果有一個人，膽敢答應：『我來續寫』，那麼這個人，一定是睡覺太多，將頭睡扁了的。」結果，《倚天屠龍記》續篇當然沒有出現了，因為我雖然睡覺不少，但幸保腦袋未扁。

　　在我移民後，常有朋友前往美國探望，以蔡瀾到訪最勤，我們也常通電話。我們有數十年的交情了，是岳華介紹我跟他認識的。那時岳華正跟我妹妹亦舒談戀愛，經常到我家裏來，有一次跟我說：「有個朋友剛從日本留學回來，很好玩，你可以認識一下。」我第一次到他家，就用他家裏的電飯煲來熱日本清酒喝，我們聊得很投機，最後把蔡瀾家裏搞得一片狼藉，但他毫無怨言，開心地送我們離開，我頓時覺得這個小傢伙可以當朋友。當年我在「邵氏」，號稱只有兩個人能請得動我，一個是張徹，另一個就是蔡瀾了，其他人就是連邵逸夫來到都不靈，所以古龍替我改了個花名，叫「倪大架子」。

蔡瀾是我認識的人當中，唯一一個沒有人在背後說他壞話的，做人要做到如此，真是難得之至。他很有才氣，字寫得好，章刻得好，對佛學也有些研究，而且又好懂得生活，穿衣服要漂亮的，吃東西要好的，身邊女孩子也要漂亮的，坐飛機要頭等或商務艙，這些東西我一概不懂。

蔡瀾寫過一本《給亦舒的信》，有篇文章說奇怪我和亦舒絕少聯絡。我和亦舒的確好久沒有聯繫了。一九九二年，我們母親過世，她從加拿大回來，我們見了一面。她五十歲那年，我在美國，她打了一個電話過去，說：「唉！我居然也五十歲了。」我笑說：「人總是要到五十歲的嘛。」之後就沒有聯繫過。我不是很喜歡主動和人聯絡，她也跟我一樣性格，兩個人都不喜歡主動聯絡，結果就成了沒有聯絡。現在不是我不聯絡她，是她不跟我聯繫，每次我打電話到加拿大她的家去，總是給搭了到答錄機去，我又不懂得怎樣跟機器說話，聽到機器「滴」一聲響後，便一句話都想不出來了。

我很早離開家庭，那時候亦舒才五歲。記得有一次我去幼稚園接她，幼稚園的老師對著家長叫學生的名字，老師的口音很重，雖然在對著我大叫「倪亦舒，倪亦舒」，我都不知他在叫誰，直到亦舒在裏面哇哇大哭：「怎麼還沒有人來接我？」我聽到才衝進去。我跟亦舒說：「我沒有聽到叫你的名字。」老師在旁邊說：「我叫了很多次，你都不進來。」

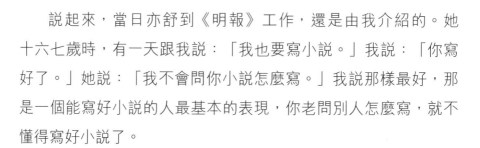

說起來，當日亦舒到《明報》工作，還是由我介紹的。她十六七歲時，有一天跟我說：「我也要寫小說。」我說：「你寫好了。」她說：「我不會問你小說怎麼寫。」我說那樣最好，那是一個能寫好小說的人最基本的表現，你老問別人怎麼寫，就不懂得寫好小說了。

是什麼驅使她當時寫了第一篇小說，我真的不知道；曾經問過亦舒本人，她自然也說不出所以然來。亦舒寫小說並沒有受我的影響，她跟我完全不是同一套路。後來她寫了一篇出來，問我投稿到哪裏好，我說只要小說寫得好，投到哪裏去都一樣。那時候我在《新報》系統裏工作，她就投到了「新系」的一本雜誌，雜誌的人看了覺得那小說寫得好，馬上就要找她到《新報》工作。她把這個消息告訴我，我說《明報》較《新報》高級，到那裏工作較有前途，便寫了封信給她去找金庸。那封信中，我十分放肆的寫道：「舍妹亦舒，頗有志於新聞事業，已謀就『新報』職位。夫『新報』者，垃圾報也，不如貴報高尚。」

亦舒拿著我的信去找金庸，當時金庸看到亦舒一個十六七歲、講話不知輕重的小女孩，覺得很好玩。他們談話到最後，亦舒問金庸：「明報有冷氣嗎？」金庸便反問她：「新報有嗎？」

就這樣，亦舒便開始在《明報》一邊做記者一邊寫小說，後來又去英國讀書。她剛出道時，人家說起她來，都說是「倪匡的妹妹」，她很惱火的跟我說：「什麼時候人家說起你來，說是『亦舒的哥哥』就好了！」我趕緊哄她：「一定會的。」哈哈！

亦舒在小說方面的成功，似乎並沒有經過什麼曲折驚險的道路，從她寫了第一篇小說開始她一直寫，一直有報刊爭著要刊登。亦舒的創作量之豐富，是極其罕見的。她已經寫了過百本小說，許多雜文和散文，而且直到現在，我都已經封筆多年了，她還是不停地在寫作。很少寫作人有這樣的創作能力。別以為寫作只要靠動腦，別忘記也還是要動手的，亦舒一生創作的各種形式的作品數量之多，足以令人咋舌，而我和許多許多她的讀者一樣，都衷心希望她不斷寫下去，一直寫下去。

人生何憾

上天真的對我很好，太太、兒女、朋友都對我好，還給我寫作的本領。如果說回顧一生，我還有什麼遺憾，便是過去對太太不夠好，現在我正在盡力作出補償。

衛斯理與倪匡

　　我的人生綜合就是四個字：「順其自然」。這是我的天性，既是天性，便是改不到的了。我人生所有的一切都是被動的，做任何事情，都只是求心裏舒服。一個人不可能做任何事情都是自己喜歡的，只能盡量不做自己不喜歡的事。

　　一個人的人生是由他的性格來決定的，生下來時上天已經寫好了劇本，不過你不能預先看到下一場而已。我從來不看所謂勵志的書，我相信路應該是自己走的，即使最後走了彎路又有什麼關係？就好像身處一個很大的漩渦之中，有的人拼命划水想要游出去，有的人根本就放棄了，隨著這個漩渦在轉。主觀願望是完全沒有辦法決定客觀環境的，既然人生已定，你就唯有順著它走，隨便它怎樣便怎樣吧。

　　我有些大男人主義，覺得女人就應該聽話，結果我老婆則強悍得要命。年輕的時候我在風流韻事方面很出名，不過我這個人性子急，懶得去追女人，只是嫖妓行為多一些，不算是談戀愛。丈夫嫖妓有什麼關係？對於太太的一方是沒有實質損失的，但是太太作為女人，也會感到生氣，真奇怪，我怎樣也想不明白。有人認為我在外邊拈花惹草是不尊重女性，真是冤哉枉也，我對於女性真是尊重到不得了的！我和太太曾經為我在外面的風流事，鬧得很不愉快，我移民到美國主要是為了這個原因。

■在美國居住弄廚為樂。

有一段時間，我和太太很不開心。我跟她說：「我知道大概是因為我在外面亂搞男女關係。」她說：「是啊。我們剛結婚的時候，窮得要死，但是兩個人在一起，多愉快！」我說：「你要兩個人生活的話那太容易了，我們移民到美國去。到那裏沒有人認識你，誰會來理會你？」她說：「你肯去嗎？」我說：「哪有什麼不可以？」於是，我們就移民去了美國。我對外宣稱是為了躲避這樣那樣的，其實我哪裏怕什麼東西，就是為了太太。

我到了美國，種花養魚，自得其樂，十多年沒有回過一次香港；倒是倪太沉悶得很，十數年間回過香港不下四五十次。在我七十歲之後，她突然多了個奇怪的想法，覺得我已經不能一個人在美國生活，便不再回香港，一直陪著我，結果她十個月沒有回港，便整個人落了形。我勸她一個人回香港，她堅決不肯，我沒有辦法，便跟她說：「你一個人不肯回去，我陪你回去好了。」她又問我：「你肯回去？」我說：「哪有什麼不肯？我當然可以回去。」

我回流搬回香港居住，其實也是為了太太，可是她不肯承認。

現在我的生活節奏很慢很慢，慢得像停頓了下來般。人生一過六十歲，就像長途賽跑，已經過了終點，但是不會一到終點線

便即時完全停下來的,當然要慢慢停下腳步,可就不知這個過程
會有多長。當日我移民海外,曾發出一紙聲明:

> 我已決心「淡出」,自此天涯海角,閒雲野鶴;醉裏乾坤,
> 壺中日月;竹里坐享,花間補讀;世事無我,紛擾由他;新舊相知,
> 若居然偶有念及,可當作早登極樂。

今天我回到香港定居,大家仍可抱著同樣的態度,「偶有念
及」時,便「當作早登極樂」好了。

我是最懂得自得其樂的人,從來不知道寂寞為何物,只知道
時間永遠都不夠用。我在美國的時候,兩三個星期都不離開家,
我女兒打電話來和我閒聊,我都叫她沒事不要常打來,趕快掛上
電話。我想做的事情太多了,每天都忙得要死。我有好多音樂還
沒有聽,好多書還沒有看,好多自己要做的事情沒有時間做。

我在內地時,身處荒郊野嶺的地方,每天很早便起來,去找
書看。那圖書館裏的馬克思、恩格斯全集,相信只有我一個人看
完了。實在沒有書看,看看文字也高興;看不到書時,周圍萬千
的景物全部都好看。荒野也是多維的,我可以就那麼坐著,觀看
周遭的東西幾小時都不覺得沉悶。我在美國時,有次特地要親眼
看著一株植物開花,便坐在那裏一直看著它,足足等了兩個鐘頭。

我不覺得人生有空虛的理由。人生那麼短促，哪有時間空虛？有人跟我說他空虛，我說：「你自作孽不可活，不關我的事。」

現在沒有甚麼不捨得的了——其實一直都沒有。人生下來根本什麼都沒有，得到的所有東西都是賺了的，沒有什麼捨不捨得。

我深信人生很多東西都是有配額的，當配額用完時，之前曾經擁有過覺得很重要的東西，便會變得不重要，所以我一直抱著「有便最好，沒有也沒所謂」的態度。例如我寫了那麼多年小說，忽然有一天，連一篇三百多字的東西都寫不出來了，我便知道我的寫作靈感配額已用完，當時我不知多麼高興，告訴自己終於可以不寫了。

本來我每天要喝兩瓶白蘭地再加伏特加，大概要喝兩公升酒，忽然之間喝酒的配額沒有了，才喝一瓶啤酒就已經臉紅耳赤、頭暈眼花，竟然連酒量也一併消失了。燒禾花雀本來是我很喜歡的食物，在美國時多年沒有吃過，一次回香港時剛好是禾花雀上市的時候，我進餐廳要了兩打，我老婆叫我先叫一打吃吃看，我說我那麼喜歡吃燒禾花雀，怎麼會吃不完？誰知才吃到第三隻，牙齒便咬不動了，我也就放下來算了。

現在我的不少配額都用完了，但沒關係，我還有很多配額沒有用完哩，例如講電話的配額沒有用完，跟朋友閒聊的配額也沒有用完，呼吸的配額也還有。當你的呼吸配額都用完了，也沒關係，那時你的生命也就結束了。

我對死亡一向看得很淡泊，就算親人去世，我也絕對不會傷心。跟我差不多年紀的人不知多少都已經離去了，我並不悲傷。人死了要悲傷是最沒有道理的事情。人一定要死的，一定要發生的事，你沒理由傷心，只有坦然看待。我母親過世那天，朋友也都能在殯儀館門口聽到我在裏面哈哈大笑。

我此生，兩句話可以概括，曰：

七八十年皓皓粼粼無為日

五六千萬炎炎詹詹荒唐言

就是那樣，絕不驚天動地，更無曲折離奇。

年紀大了，百病叢生，其中關於皮膚的問題，深受困擾。我因為皮膚病前後看了七位醫生，愈看愈古怪，過程猶如小說《封神榜》般，醫生中兩人說是癌症，其他則說是濕疹，說法不一；

■當日承諾，執子之手與子
偕老。

後來濕疹處更出現怪瘤。我的年事已高，聽取醫生意見後，決定
不作治療，反正病痛最終也會與我「同歸於盡」，但慘在味覺退
化了，連吃咖哩也吃不出味道，又會咳嗽致夜難成眠，情況可説
是已「死了九成」。

　　最理想的人生結局，我覺得是晚上睡著了，次日早上不再醒
來。墓誌銘我也早自撰好，是「多想我生前好處，少説我死後壞
話」。

　　哈哈哈哈！

── 全文完 ──

緣 起

　　我最早閱讀的倪匡先生小說，可能是「女黑俠木蘭花故事」，不過令我開始針對性追捧整個系列，陸續租借、購買以至全部讀完的，還是要數「衛斯理故事」。一開始是由姊姊推介的，我最早看的兩本便是《原子空間》及《地圖》〔那版本內含三個中短篇故事〕。

　　多年之後，能夠與倪生相識，都是拜台灣的葉李華先生所賜。因之前參加「倪匡科幻獎」寫作比賽與李華兄結緣，二〇〇六年倪生遷居回香港時，得李華兄穿針引線，我先與倪生透過電郵連繫，再有通過電話，最後更得以到他的家居拜訪。

　　倪生回流香港的首幾個月，眾多大眾傳媒約他做訪問，所以到他比較有空，我可以約見他時，已經是二〇〇六年中期了。那時他是住在銅鑼灣希慎道雲翠大廈，我在樓下一報樓層和門牌，管理員已經知道我是要找倪生了，可見他的訪客並不少。

　　第二次和倪生會見，應該是在同年年底，在當時「香港科幻會」會長李偉才博士於薄扶林碧瑤灣的家中。大概是遷就倪生回到香港，那一屆「倪匡科幻獎」決審的程序移師香港舉行，倪生

■「衛斯理50周年」紀念
活動，主角及搞手大合照。

成為評審之一，上午的遴選工作完成後，下午到李博士家中和一眾「香港科幻會」會員見面，熱鬧之至。

印象之中，我也到過倪生在希慎道的家居幾次，到二○○七年七月，收到倪生通知新的地址，以後，我和朋友去探訪他，便要到北角去了。

和倪生雖相識了，我長居新界，而倪生住在港島，大家沒有頻密會面，不過能不時跟他以電郵溝通，已是樂事。我們喜歡看倪匡的作品，更喜歡他本人，對於他的生平一切，都感興趣。在那年頭，作家和藝員等公眾人物的背景資料，相當神秘，關於倪匡其人的出身，都依賴沈西城所寫的《我看倪匡科幻》、《細看衛斯理科幻小說》及《金庸與倪匡》幾本小書，之後倪生替《香港周刊》寫了大量關於他成長階段見聞的雜文，再加上他在各種文章中透露的蛛絲馬跡，綜合起來，大家才掌握到更多大概；後又有葉李華和蔡瀾分享的文章，以及倪生回流後許多訪問中的資訊，我們便了解得更多。

但又出現另一問題：在不同時期、不同的資料來源，談及同一件事，為何會有所不同？這種情況愈來愈多，好奇心起，我有時會向倪生求證，結果，發現頗多流傳已久的內容，原來是錯誤

的，令我十分驚訝。幾年下來，斷斷續續地手上這種「真相」積下不少，也沒想到如何運用，直至二○一二年接到施仁毅兄的一通來電，才觸發這篇本來叫做〈倪匡創作五十年〉的文章誕生。

仁哥對倪生的作品很鍾愛，認為倪生的創作成就值得更大的表揚，加上粗略推算衛斯理這角色面世快要足五十年了，便打算借題發揮，推出一些紀念活動。本文的原始意念，在仁哥約稿之時，最簡單的說法，是「替倪匡先生寫本自傳」。看來這本來是個獨立的項目，之後計劃規模愈來愈大，結果是出現了一連串「衛斯理50周年紀念」活動，而〈倪匡創作五十年〉也成為了《倪學：衛斯理五十周年紀念集》中的一個篇章。

本文的最基礎，是倪生所寫的《倪匡傳奇》中內容，及在網上可找到他受傳媒訪問的影視記錄，把資料直接採用時，用回「我」的角度下筆可保留到他的說話語氣，又是「衛斯理故事」的書寫風格，所以第一身手法是開始時已決定了的。在之前幾年間，我和倪生面談、通電話、往來電郵中所得，若有遇上和流傳資料不同的，便按倪生本尊所告知的作準，點點滴滴的把本文原來的「基礎」更正和潤飾；又盡量留意全部關於倪生的訪談及文章，每見有原來未包括的資訊，又都加入，不知不覺間，〈倪匡創作五十年〉一文居然也變得頗有規模。

「衛斯理 50 周年紀念」活動由仁哥主導，期間協力過的人不少，較長期駐守的幾人，之後仁哥便以「倪學七怪」統稱之。我和仁哥本不相識，至今也不肯定他初時是否由倪生處得到我的聯絡方法；而長駐他身邊護法的施太，並不是仁哥的「另一半」那麼簡單，若仁哥欠缺這位太座幫手，他的執行能力必然削減不止一半。

其他活動搞手中，來自上海的王錚及董鳳衛便應是由倪生所推介無疑，因為他們本是國內的倪作支持者，主動聯絡倪生成功了而彼此成為朋友的，若不經倪生介紹，大概仁哥也不會知道有他們這兩位資深書迷。「倪學網」網主紫戒是我早已認識的「倪學專家」，二○○八年葉李華兄到訪香港，先後與紫戒、我及「龍幻的衛斯理世界」網主龍幻會過面，之後基於「希望大家彼此熟識」的願望，作出介紹，讓我認識了紫戒兄，在我的心目中，若紫戒兄能抽空，他會是撰寫本篇文章的更佳人選。而甄偉健則是我在「香港科幻會」中已認識的老友。

此外團隊中其實尚有一人，不斷提供協助又從不曝光，凡是涉及倪生過往家事而想求證，便只有靠此君，身份超然之至，在此，我也只提提便算。我們一班搞手有個 WeChat 群組，有次王錚兄及鳳衛兄在說笑，爭著誰是金庸筆下「玄冥二老」的鶴筆翁

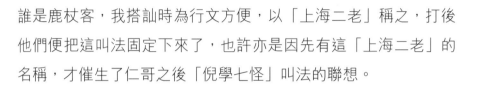

誰是鹿杖客,我搭訕時為行文方便,以「上海二老」稱之,打後他們便把這叫法固定下來了,也許亦是因先有這「上海二老」的名稱,才催生了仁哥之後「倪學七怪」叫法的聯想。

「七怪」中的每一位,都與倪生有各自的交流,大家會在群組中分享聽聞到關於倪生的往事、作品中的逸聞,我每見到,又會擇善融入〈倪匡創作五十年〉之中。那些題材,有時是倪生偶然提及的,有時則是我們存有疑問,特地向他查詢;有些往事倪生也記不清楚,他本人大而化之,覺得過去的事,是耶非耶都無所謂,我們反而執著,總會繼續搜集資訊、推敲和討論,希望能找出個確實的答案。經過不斷的集思廣益,本文也有點兒像成了大家這十多年來跟倪生交往的真實記錄,彌足珍貴。

二○一三年出版《倪學》時,〈倪匡創作五十年〉已不算短,現在又增添許多。當年的版本有個大錯,錯把「鞍山」寫成「安山」,連省份都不正確,另又有些年份弄錯了,但因該書一直沒有加印,無從修正,經過十年之後,現在有機會把它豐富成〈衛斯理與倪匡〉,並順便把之前的甩漏更正,真是太叫人高興。可惜倪生先走一步,不能陪伴我們一起看到「衛斯理 60 周年」紀念的一天。

　　倪生八十多年的人生，新舊資料可供再加入的有機會陸續出現，我們執筆之時也可能還有所錯漏，加上，有時，客觀資料讓我們知道，就算是倪生親身告知的內容，也可能出錯，所以本文以後若仍要修訂，幾乎肯定是永無休止的，不過我們把它當成「口述歷史」的一類，根據當下可得的資料，盡力而為吧。

衛斯理與倪匡

衛偉
術
生期
影視理

衛斯理電台節目資料

衛斯理電影資料

衛斯理漫畫資料

紫　戒

衛斯理電視劇資料

改編作品統計

衛斯理電影資料

《原振俠與衛斯理》電影資料

導　　演：藍乃才

編　　劇：阮繼志、王晶

劇情參考：《蠱惑》、原振俠系列的《血咒》及《降頭》

演　　員：周潤發　　飾演　　衛斯理

　　　　　胡慧中　　飾演　　白素

　　　　　錢小豪　　飾演　　原振俠

　　　　　張曼玉　　飾演　　彩虹

　　　　　崔秀麗　　飾演　　芭珠

　　　　　倪匡　　　飾演　　倪匡[1]

上映日期：1986 年 10 月

其它資料：第一齣有衛斯理角色的電影，蔡瀾更邀請從沒有上過鏡的倪匡，在
　　　　　這電影客串。他以同場演出有多名美女，喝的酒是路易十三，並在
　　　　　最高貴的會所大廳拍攝，成功遊說倪匡飾演自己，在電影開首及結
　　　　　尾，介紹和總結衛斯理及原振俠奇遇。蔡瀾想起常和亦舒開玩笑
　　　　　說，外國人寫小說，開始的時候一定是：這是一個又黑暗，又是狂
　　　　　風暴雨的晚上⋯⋯就決定讓電影也以同一環境開始。[1]

　　　　　這個場景設計，和衛斯理系列其中一個故事開首相似 ——《創
　　　　　造》；衛斯理不時參與一個由高級知識分子組成的俱樂部，講一些
　　　　　曲折離奇的故事，和聽眾交流。

　　　　　自此，倪匡拍過十幾齣電影，雖然是「大咖哩啡」，發現酬勞相當
　　　　　不俗，三萬元一工，由早上十時至晚上十時。[2]

《衛斯理傳奇》電影資料

導　　　演：泰迪羅賓

編　　　劇：廖堅為、潘源良、鄭忠泰

劇情參考：《地底奇人》、《天外金球》及《藍血人》

演　　　員：許冠傑　　飾演　　衛斯理

　　　　　　王祖賢　　飾演　　白素

　　　　　　狄龍　　　飾演　　白奇偉

　　　　　　泰迪羅賓　飾演　　高大威（衛斯理朋友）

主 題 曲：《宇宙無限》

　　　　　　作曲：Donald Ashley／填詞：林振強／主唱：許冠傑

上映日期：1987 年 1 月

其它資料：第一齣以衛斯理為主角的電影，到埃及及尼泊爾實地拍攝，傳承了
衛斯理原著的思想，包括（i）宗教、神話和外星人的關係，（ii）
外星人流落在地球的悲哀。

倪匡和導演泰迪羅賓在工作上有好幾次接觸，稱讚他感覺敏銳，想
法極多，整個電影故事，泰半出自泰迪羅賓的設想。演員方面，倪
匡認為由許冠傑飾演衛斯理，天衣無縫；王祖賢飾演的白素，外形
自然沒有問題，在銀幕上發揮的魅力，亦令觀眾心悅誠服。他亦讚
賞主題曲《宇宙無限》，除了許冠傑唱得好外，林振強的詞，幾乎
全由各種問題組成，用不同語法問出，大有楚辭中《天問》的韻味，
表達出宇宙無限，地球渺小，地球上的一切紛爭皆屬虛妄，極具深
意。[3]

《海市蜃樓》電影資料

導　　　演：徐小明

編　　　劇：徐小明、張華標、徐達初

劇情參考：《虛像》

演　　　員：于榮光　　　　　飾演　　唐庭軒（角色參考：衛斯理和江文濤）

　　　　　　帕夏・烏買爾　　飾演　　加沙洛娃（角色參考：可羅娜公主）

　　　　　　徐小明　　　　　飾演　　毛德威（唐庭軒的朋友）

上映日期：1987 年 1 月

其它資料：倪匡事先不知道《海市蜃樓》的主要情節來自《虛像》，快要公映前，各方告之，並在報章上代打不平，他姑且抗議一下。徐小明立時承認，願意盡力補救，其光明磊落的態度，令倪匡感動，獲其諒解。[4]

《朝花夕拾》電影資料

導　　　演：胡珊

執行導演：何家駒

編　　　劇：胡珊、阮立全

演　　　員：喬宏　　　　　飾演　　博士（角色參考：衛斯理）

　　　　　　張瑪莉　　　　飾演　　博士夫人（角色參考：白素）

　　　　　　夏文汐　　　　飾演　　陸宜 / 6262

　　　　　　方中信　　　　飾演　　方中信

主 題 曲：《朝花》

　　　　　　作曲：林敏怡 / 填詞：黃霑 / 主唱：鄺美雲

上映日期：1987 年 3 月

其它資料：《朝花夕拾》是倪匡妹妹亦舒的作品，加插了倪匡作品的重要角色：

「那位先生」、「夫人」、原醫生和小納,更提到從女黑俠木蘭花系列的雲氏集團借到「雲氏五號」飛機。「那位先生」和「夫人」的稱謂,是來自原振俠系列,未有直接用衛斯理和白素,但身份呼之欲出。倪匡亦來個「回應」,在原振俠系列《迷失樂園》,提到一個不幸的時光隧道誤闖者,來自五十年後,就是《朝花夕拾》的陸宜。

《漫畫奇俠》 電影資料

導　　演:文雋

編　　劇:文雋、陳欣健

演　　員:倪匡　　飾演　　衛斯理

上映日期:1990 年 6 月

其它資料:劇情雖沒有參考原著,但由倪匡親自演繹衛斯理,在戲中負責分析怪事,更説:「體力勞動嘅事情,係屬於你哋年青人嘅世界喇!」和原著中、後期的衛斯理,較少四處冒險,形象相符。

《衛斯理之霸王卸甲》 電影資料

導　　演:徐小明

編　　劇:徐小明、張華標、薛家華

劇情參考:《風水》

演　　員:錢嘉樂　　飾演　　衛斯理

　　　　　徐小明　　飾演　　陳長青

　　　　　元奎　　　飾演　　衛天玄(衛斯理父親)

上映日期:1991 年 1 月

其它資料:其中一段智破夾萬密碼鎖的情節,改編自倪匡「年輕人系列」的《手套》,這系列的早期作品,屬鬥智小説。

《衛斯理之老貓》電影資料

導　　演：藍乃才

編　　劇：陳慶嘉、陳嘉上、葉廣儉

演　　員：李子雄　　　飾演　　　衛斯理

　　　　　伍詠薇　　　飾演　　　白素

　　　　　倪匡　　　　飾演　　　老陳

上 映 日 期：1992 年 10 月

其 它 資 料：衛斯理的朋友老陳，是養狗專家；衛斯理請他挑選一頭最兇猛的狗，
　　　　　　協助對付老貓。在電影，倪匡飾演老陳，要和超過十頭兇猛的狗一
　　　　　　齊走下樓梯。拍攝前，蔡瀾特地買了幾瓶白蘭地，讓倪匡喝酒壯膽，
　　　　　　讓他和眾犬出場的氣勢不凡。[5]

《少年衛斯理之天魔之子》、
《少年衛斯理 II 之聖女轉生》電影資料

導　　演：霍耀良

編　　劇：陳一帆

演　　員：吳大維　　　飾演　　　衛斯理

　　　　　李麗珍　　　飾演　　　祝香香

上 映 日 期：1993 年、1994 年

其 它 資 料：劇情沒有參考原著，兩齣片長分別是 68 分及 59 分鐘。雖然網絡資
　　　　　　料提及於 1993 年及 1994 年上映，但當時可能是直接以 VCD 影碟
　　　　　　發行。

《衛斯理藍血人》電影資料

導　　演：劉偉強

編　　劇：陳十三、王晶

演　　員：劉德華　　飾演　　衛斯理

　　　　　舒淇　　　飾演　　白素

　　　　　張耀揚　　飾演　　白奇偉

　　　　　關之琳　　飾演　　方天涯（角色參考：方天）

主 題 曲：《藍色愛情》

　　　　　作曲：姚若龍／填詞：劉德華／主唱：劉德華

上 映 日 期：2002 年 3 月

參考資料

(1) 蔡瀾．倪匡的演員時代．老友寫老友（上）．天地圖書有限公司出版，2006 年

(2) 倪匡、馮振超、戴子傑、蔡俊健．大咖哩啡（一）．與倪匡對談．精英文化動力出版，2008 年

(3) 倪匡．泰迪羅賓「點指兵兵」、許冠傑的「衛斯理」、王祖賢的「白素」、林振強的「宇宙無限」．説人解事．明窗出版社出版，1988 年

(4) 倪匡．徐小明和「海市蜃樓」．説人解事．明窗出版社出版，1988 年

(5) 梅少文、葉李華主播：「空中衛斯理書齋」，第 40 講《老貓》．yehleehwa. net/wesonair40.htm

衛斯理電視劇資料

《衛斯理傳奇》
（台灣中華電視臺）電視劇資料

衛斯理衍生影視

導　　播：林京珍

故　　事：《透明光》、《妖火》、《手之謎》（參考《支離人》）、《連鎖》、
　　　　　《天外金球》及原振俠系列的《天人》

演　　員：楊光友　　飾演　　衛斯理

　　　　　劉芳英　　飾演　　白素

首 播 日 期：1983 年 7 月 11 日

其 它 資 料：首五個故事於「科幻劇場」播出，楊光友表示「華視那時候播八點
　　　　　檔是很轟動，收視率第一名」[1]。倪匡也特地到台灣，並說：「透
　　　　　過華視，我在螢幕上首次看到『衛斯理』[2]。」

　　　　　《天外金球》則於 1984 年為「奇幻劇場」揭開序幕。緊接播放的《打
　　　　　擊魔鬼》就是女黑俠木蘭花故事[3]，可見倪匡作品當時在台灣極有
　　　　　叫座力。

《衛斯理傳奇》

（新加坡新傳媒）電視劇資料

導　　播：劉天富，陳建儀

故　　事：《影子》（參考《影子》及《木炭》）、《天書》、《輪迴》（參考《尋夢》）、《神仙》（參考《藍血人》、《神仙》及《買命》）、《大廈》、《離魂》（未有參考）、《願望之神》（參考《連鎖》）

演　　員：陶大宇　　飾演　　衛斯理

　　　　　鄭惠玉　　飾演　　白素

　　　　　曾江　　　飾演　　白老大

　　　　　陳傳之　　飾演　　白奇偉

　　　　　李南星　　飾演　　郭則清（小郭）

　　　　　常魯峰　　飾演　　齊白

　　　　　周初明　　飾演　　溫寶裕

主 題 曲：《留住每一天》

　　　　　作曲：柯貴民／填詞：吳慶康／主唱：李南星

插　　曲：《但願》

　　　　　作曲：Ken Lim／填詞：李瞳／主唱：郭妃麗

片 尾 曲：《沒有記憶》

　　　　　作曲：蘇志成／填詞：林佩雲／主唱：常魯峰

首 播 日 期：1998 年 9 月 15 日

《衛斯理》

（香港無綫電視翡翠台）電視劇資料

監　　製：張乾文

編　　審：黃國輝

故　　事：《紙猴》（《地底奇人》）、《屍變》、《木炭》、《尋夢》、《蠱惑》、《神仙》、《鬼混》、《盜墓》

演　　員：羅嘉良　　飾演　　衛斯理

　　　　　蒙嘉慧　　飾演　　白素

　　　　　高雄　　　飾演　　白老大

　　　　　唐文龍　　飾演　　白奇偉

　　　　　秦煌　　　飾演　　老蔡

　　　　　麥長青　　飾演　　郭則清（小郭）

　　　　　河國榮　　飾演　　納爾遜

　　　　　陳國邦　　飾演　　陳長青

　　　　　楊明　　　飾演　　溫寶裕

　　　　　朱咪咪　　飾演　　溫寶裕母親

　　　　　敖嘉年　　飾演　　黃堂

　　　　　曾偉權　　飾演　　齊白

　　　　　鄧一君　　飾演　　胡說

　　　　　張松枝　　飾演　　戈壁

　　　　　杜大偉　　飾演　　沙漠

主　題　曲：《未來的守望者》

　　　　　作曲：陳頌紅 / 填詞：陳頌紅 / 主唱：羅嘉良

片　尾　曲：《如果世界有了你》

　　　　　作曲：陳頌紅 / 填詞：陳頌紅 / 主唱：羅嘉良

首播日期：2003 年 6 月 2 日

其它資料：倪匡聽朋友說過電視劇把人物改成穿民初裝，古怪透頂。他亦認為編劇不改小說劇情，拿薪水就沒有面目，所以一定改[5]。

衛斯理衍生影視

《少年王》

（別名：《冒險王衛斯理》）（中國大陸電視劇）資料

總　導　演：羅國冠

執　　導：黎文彥、王中偉

編　　劇：陳曼玲、陳文貴

故　　事：《古墓魅影》、《百里杜鵑》、《紅岩天書》、《藍色情迷》，全部沒有參考原著

演　　員：吳奇隆　　飾演　　衛斯理

　　　　　楊光　　　飾演　　白素

　　　　　陳鴻烈　　飾演　　白老大

　　　　　于波　　　飾演　　白奇偉

　　　　　谷洋　　　飾演　　原振俠

　　　　　楊俊毅　　飾演　　齊白

　　　　　劉勃鈞　　飾演　　陳長青

主　題　曲：《我冒險》

　　　　　作曲：謝傑／填詞：陳少琪／主唱：吳奇隆

片　尾　曲：《白》

　　　　　作曲：劉祖德／填詞：陳少琪／主唱：吳奇隆

首播日期：2003 年 8 月 9 日

衛斯理衍生影視

《冒險王衛斯理》
（愛奇藝、星王朝）電視劇資料

監　　製：王晶

編　　劇：馬焱、張雨蒙、張嬌陽

編　　導：鍾少雄、霍耀良

故　　事：《支離人》、《藍血人》、《無名髮》（劇情和原著《頭髮》沒有關係）

演　　員：余文樂　　飾演　　衛斯理

　　　　　胡然　　　飾演　　白素

　　　　　任達華　　飾演　　白雲龍（角色參考：白老大）

　　　　　何浩文　　飾演　　白奇偉

主 題 曲：《愛你直到宇宙終結》

　　　　　作曲：陳光榮 / 填詞：馮曦妤 / 主唱：陳小春

首 播 日 期：2018 年 4 月 9 日

參考資料
(1) 林立庭、王士凱（2022 年 7 月 4 日）。40 年前科幻片！華視首將"衛斯理"改編電視劇。華視新聞網。取自 https://news.cts.com.tw/cts/entertain/202207/202207042084682.html。

(2) 蘇詠智（2022 年 7 月 3 日）。倪匡傳 87 歲去世 台灣搶先華人各地拍攝衛斯理。《聯合報》。取自 https://stars.udn.com/star/story/10090/6433761。

(3)(烤雞脖子（2012 年 3 月 30 日）。1984 年華視連續劇「奇幻劇場」—「天外金球」、「打擊魔鬼」。《隨意窩》。取自 https://blog.xuite.net/kgbz/twblog/120298008。

(4) 華視綜合週刊 608 期（1983 年 6 月 14 日）。似這般幻境罕曾見。RTV789 舊電視 789，台灣商業文化拼貼。取自 https://rtv789.blogspot.com/2017/11/f6081983_7.html。

(5) 蔡瀾. 幻想力. 老友寫老友（下）. 天地圖書有限公司出版，2006 年

衛斯理電台節目資料
衛斯理廣播劇
（香港電台）

故　　事：《屍變》、《仙境》[(1)]、《環》、《湖水》、《雨花台石》、《狐變》、《老貓》、《聚寶盆》[(2)]

播　　音：鍾炳霖、區聰　　聲演　衛斯理

　　　　　李安求、龍寶鈿　聲演　白素

年　　份：1971 至 1972 年

故　　事：共 9 個故事，《老貓》、《藍血人》、《天外金球》、《貝殼》、《多了一個》、《大廈》、《仙境》、《透明光》、《玩具》

監　　製：李安求

編　　導：梁繼璋、曾永強

播　　音：鍾偉明、李學斌　聲演　衛斯理

　　　　　尹芳玲、車森梅　聲演　白素

　　　　　曾永強　　　　　聲演　白老大

　　　　　蔡雅各　　　　　聲演　小郭

年　　份：1981 至 1984 年

其它資料：根據現時資料，衛斯理首次被改編的作品是《屍變》廣播劇，1970 年 12 月 25 日於香港電台「風虎雲龍集」時段播放。於 1971 年 1 月 8 日播放的《仙境》。由鍾炳霖聲演衛斯理，李安求聲演白素，其他配音員包括陳炳球、李麗妮、潘志文、曾勵珍、熊德誠、林友榮及顏國樑[(1)]。

在《華僑日報》的「電台一週」專欄，亦刊登以下廣播劇的首播日期，相信當年非常受歡迎，才在報紙上佔有一定篇幅：

廣播劇	首播日期	華僑日報
「《屍變》」	1970 年 12 月 25 日	1970 年 12 月 25 日
「衛斯理探案之《環》」	1971 年 7 月 19 日	1971 年 7 月 16 日
「衛斯理探案之《湖水》」	1971 年 8 月 20 日	1971 年 8 月 19 日
「衛斯理探案之《雨花台石》」	1971 年 10 月 29 日	1971 年 10 月 29 日
「衛斯理探案之《狐變》」	1972 年 3 月 20 日	1972 年 3 月 17 日
「衛斯理探案之《老貓》」	1972 年 3 月 28 日	1972 年 3 月 31 日

衛斯理衍生影視

朝花夕拾廣播劇
（香港電台）

播　　音：陳炳球 聲演 衛斯理
年　　份：1986 年

衛斯理廣播劇
（香港商業電台）

故　　事：共 37 個故事，《紙猴》、《透明光》、《仙境》、《叢林之神》、《黑靈魂》、《多了一個》、《第二種人》、《再來一次》、《支離人》、《貝殼》、《消失》、《大廈》、《屍變》、《搜靈》、《尋夢》、《創造》、《換頭記》、《訪客》、《奇門》、《天書》、《環》、《魔磁》、《蜂雲》、《沉船》、《狐變》、《眼睛》、《原子空間》、《天外金球》、《藍血人》、《合成》、《老貓》、《後備》、《聚寶盆》、《血統》、《盡頭》、《蠱惑》、《神仙》

監　　製：金貴

播　　音：朱子聰　　聲演　　衛斯理

　　　　　錢佩卿　　聲演　　白素

　　　　　盧雄　　　聲演　　白老大、傑克上校

　　　　　陳永信　　聲演　　陳長青

　　　　　金貴　　　聲演　　納爾遜、陶啟泉

　　　　　金剛　　　聲演　　宋堅

主 題 曲：《外星客》

　　　　　作曲：盧冠廷 / 填詞：林敏驄 / 主唱：張學友

插　　曲：《情在呼吸裡》

　　　　　作曲：馮偉棠 / 填詞：聶宏風 / 主唱：劉德華

年　　份：1987 至 1988 年

衛斯理衍生影視

衛斯理小說連播
（廣州電台）

故　　事：由主播講故事方式，共講了 25 個故事：《第二種人》、《怪物》、
　　　　　《鬼混》、《拼命》、《連鎖》、《妖火》、《藍血人》、《地圖》、
　　　　　《烈火女》、《透明光》、《血統》、《眼睛》、《叢林之神》、《迷
　　　　　藏》、《異寶》、《探險》、《大廈》、《屍變》、《犀照》、《極
　　　　　刑》、《活俑》、《老貓》、《支離人》、《沉船》、《古聲》

主　　播：陳波、吳克、李錦源、何志健、胡慶穗、向安神、少爺明、陳峰

年　　份：2004 年起

空中衛斯理書齋
（台灣漢聲廣播電台）

主　　播：梅少文、葉李華

年　　份：2005 至 2007 年

其它資料：主播每集介紹一個衛斯理故事，共 100 集。首四集先分享衛斯理於
　　　　　少年時代的故事，包括：《蠱惑》、《影子》、《雨花台石》、及《少年》
　　　　　（即《少年衛斯理》）。然後，每集按創作時序分享，由《鑽石花》
　　　　　至《將來》。

衛斯理科幻傳奇
（廣州交通電台）

故　　事：共 10 個故事，《支離人》、《大廈》、《老貓》、《極刑》、《眼
　　　　　睛》、《屍變》、《活俑》、《迷藏》、《犀照》、《沉船》

主　　播：向安神、少爺明

年　　份：2008 至 2009 年

「衛斯理 50 周年」特備節目：
《衛斯理傳奇》

（網上電台香港人網 loved.hk）

衛斯理衍生影視

主　　　持：施仁毅、龍俊榮、釋武尊、紫戒、甄偉健

嘉　　　賓：沈西城、紀陶、何故、王錚、董鳳衛、畢名、邱蔓華、 麥永開、
　　　　　　譚劍、謝志榮、項明生、危丁明、馬龍、又曦、周子嘉、阮志強、
　　　　　　施陳麗珠

主　題　曲：《衛斯理50 周年主題曲》

　　　　　　曲/ 編：Jimmy Chu　/　填詞：甄偉健　/　主唱：馮志豪

年　　　份：2013 年

故　　　事：

第 0 集（序章）：真有奇人衛斯理？！　　第 1 集：　　解構外星人
第 2 集　　　　：時空之旅人　　　　　　第 3 集：　　探索靈魂學
第 4 集　　　　：衛大預言家　　　　　　第 5 集：　　電腦的奴隸
第 6 集　　　　：生命的配額　　　　　　第 7 集：　　人類的起源
第 8 集　　　　：人類劣根性　　　　　　第 9 集：　　暴政人禍篇
第 10 集　　　 ：宇宙生死戀　　　　　　第 11 集：　 衛斯理族譜
第 12 集　　　 ：衛斯理影視　　　　　　第 13 集：　 衛斯理未來

參考資料

(1) 維基百科．"仙境 (小説)" 維基百科中文版．2022 年 7 月 29 日
　　[2023 年 4 月 15 日] https://zh.wikipedia.org/wiki/ 仙境 _(小説) # 廣播劇
(2) 維基百科．"龍寶鈿" 維基百科中文版．2023 年 4 月 11 日
　　[2023 年 4 月 15 日] https://zh.wikipedia.org/wiki/ 龍寶鈿 # 廣播劇

衛斯理漫畫資料

衛斯理衍生影視

衛斯理科幻故事

出　版　社：斯辰文化企業公司
繪　　　畫：利志達
故　　　事：《玩具》、《屍變》、《雨花台石》、《支離人》、《環》、
　　　　　　《藍血人》、《犀照》、《命運》
年　　　份：1984 至 1986 年

衛斯理傳奇

出　版　社：博益出版集團有限公司
繪　　　畫：崔成安
故　　　事：《紙猴》（即《地底奇人》
年　　　份：1984 年
其它資料：書內刊登了許冠傑主演的衛斯理傳奇電影預告，筆下衛斯理亦酷似
　　　　　　許冠傑。

衛斯理科幻故事

出　版　社：斯辰文化企業公司
繪　　　畫：劉偉生
故　　　事：《魔眼》（參考《眼睛》）
年　　　份：1985 年

衛斯傳奇來客

出　版　社：香港三英社出版社
繪　　　畫：利志達
故　　　事：《來客》（參考《訪客》）
年　　　份：1986 年
其它資料：在利志達繪畫的《命運》背頁，預告推出《訪客》，但現時只見三
　　　　　　英出版社的「衛斯傳奇來客」，沒有「理」，可能和版權有關。

《衛斯理傳奇漫畫系列》

出　版　社：晨星出版社
繪　　　畫：利志達
故　　　事：《藍血人》、《屍變》、《玩具》、《茫點》、《命運》、
　　　　　　《連鎖》、《規律》、《多了一個》
繪　　　畫：楊孝榮
故　　　事：《後備》、《虛像》、《尋夢》、《狐變》、《仙境》

倪匡科幻小說漫畫

出　版　社：皇冠漫畫叢書、水禾田製作公司
監　　　製：水禾田、老麥
繪　　　畫：陽植禾
故　　　事：《透明光》、《老貓》、《不死藥》、《天書》、《支離人》
年　　　份：1989 年

衛斯理傳奇漫畫系列

出　版　社：台灣時報文化出版社
繪　　　畫：黃展鳴
故　　　事：《衛斯理與白素》、《天外金球》、《迷藏》、《老貓》、《沉船》、
　　　　　　《盜墓》、《神仙》、《犀照》
年　　　份：1995 年

衛斯理 Z（共 17 集）

出　版　社：香港意思文化出版社
繪　　　畫：許景琛
年　　　份：2004 年

在馬來西亞《生活電視》雜誌，亦有刊載其他作品，應包括：

楊 孝 榮：《鑽石花》、《蜂雲》、《合成》、《叢林之神》、《湖水》、《環》、
《石林》、《鬼子》、《沉船》、《大廈》、《搜靈》、《異寶》、
《極刑》、《鬼混》

葉 偉 強：《原子空間》、《訪客》、《創造》

杜 英 才：《奇門》、《老貓》

未　　知：《古聲》

註：此項資料於網絡搜尋所得，資料未必完全準確

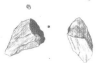

改編作品統計

衛斯理衍生影視

　　不同媒體的頂尖創作者，都曾改編衛斯理。而被選為改編的小說，最重要的原因，是能打動創作人的心。以下列出衛斯理小說的改編次數首十位，是反映小說感染力的其中一個指標。當然，改編時亦會考慮很多因素，如支出預算、合適該媒體的表達形式、題材取向等等。因此，以下排名，只作參考，也解釋了為何《頭髮》不上榜。

排名	小說	改編次數
1	藍血人	9
1	老貓	9
3	屍變	7
4	大廈	6
4	支離人	6
6	地底奇人	5
6	透明光	5
6	天外金球	5
6	沉船	5
10	仙境	4
10	環	4
10	眼睛	4
10	連鎖	4
10	尋夢	4
10	神仙	4
10	犀照	4

紫戒

光影

影視人訪問

泰迪羅賓
電影《衛斯理傳奇》(1987) 導演及演員

王晶
電影《原振俠與衛斯理》(1986) 編劇
電影《衛斯理藍血人》(2002) 監製及編劇
中港合拍網劇《冒險王衛斯理》(2018) 監製

徐小明
電影《海市蜃樓》(1987) 導演及編劇
電影《衛斯理之霸王卸甲》(1991) 監製、導演及編劇

文雋
電影《群鶯亂舞》(1988) 編劇
電影《漫畫奇俠》(1990) 導演及編劇
電影《少年衛斯理之天魔之子》(1993) 策劃
電影《少年衛斯理II聖女轉生》(1994) 策劃

陳嘉上
電影《衛斯理之老貓》(1992) 編劇

陶大宇
藝人．新加坡電視劇《衛斯理傳奇》(1998) 主角

光影背後——影視人訪問

泰迪羅賓

　　泰迪羅賓〔 Teddy 〕最遲在中學階段，已開始閱讀倪匡的衛斯理故事，不過他兒子的看書量更高，他兒子全部金庸的武俠小説及衛斯理小説都看過，Teddy 因早入電影行，能抽空看小説的時間甚少，所以只看了二三十個衛斯理故事，印象較深的包括《紙猴》、《藍血人》、《老貓》、《無名髮》〔又名《頭髮》〕、《天外金球》等。他看的首個衛斯理故事是《紙猴》，內容中未有科幻元素，更像是武俠小説，他後來拍攝電影《衛斯理傳奇》，採用了不少《紙猴》中的元素，包括女主角出身於「青幫」、有個哥哥等設定，而且也在情節中，加入男女主角的感情線。

　　Teddy 一直都想把衛斯理故事拍成電影，他的好友許冠傑其實也有同樣想法，而且在他知悉前，許冠傑已向原作者洽購了「衛斯理」和「白素」兩個角色名的版權，聽聞代價是五萬元，即是一萬元一個字。當 Teddy 及許冠傑二人有機會談起有關計劃時，便一拍即合，落實合作，許冠傑當監製，Teddy 是導演，這電影是他的第二部執導之作。

《衛斯理傳奇》並非根據特定原著故事拍攝的,情節上揉合了包括《紙猴》、《藍血人》、《天外金球》當中的元素,呈現出倪匡筆下故事的意念及世界觀,但又刻意地改動一些具體內容,令到完成品與原著比較貌不似但神似,減低讀者對原創內容的抗拒。例如電影中流落地球的外星人,外觀和地球人無異,只是血液顏色不同,又長青不老,一心想要重返故鄉,根本就是《藍血人》的脈絡,電影中把血液改成金色,觀眾便不會執著要求情節跟足小説。Teddy 自言思想上受到不少衛斯理故事的影響,但記性卻不佳,正好有利創作,可以把不同元素合理串通,不會很受原著框架的局限。

※　　　　　※　　　　　※

許冠傑的外型俊朗,身手好,而且符合倪匡心目中衛斯理要有點兒文學修養的要求,是當時扮演衛斯理的不二之選,但女主角白素的選角,進行便沒那麼順利。Teddy 他們在台灣等地區中尋找多時,都找不到在氣質上吻合白素原著設定的藝人;在另一部電影《打工皇帝》的工作上,Teddy 遇上了王祖賢,覺得驚艷,但她性格上沒有白素的沉穩,難以演繹出原著白素的形象,Teddy 腦海中靈光一閃,決定遷就王祖賢性格修改劇本,再以對白作出交代,「作家,便是作一些加一些」,來解釋小説內外的

白素性格之不同。現在電影中衛斯理半開玩笑的，向白素提出要把她寫進小説內，變成男角追求女角的一種手法，故事順理成章，這個構思也得到倪匡先生的認同。Teddy 和倪匡鮮有見面，只是有幾次把自己構想的方向告訴倪生，徵求意見；倪生曾寫過文章，讚賞 Teddy 所編寫的故事，Teddy 的朋友看到後，轉發告訴他。

　　電影中有個原創角色「高大威」由 Teddy 擔綱演出，是公司的要求，因為之前他的作品很成功，他在台灣地區也甚受歡迎，加上他的演出有助作品賣埠；同時兼任導演及演員十分辛苦，現在屏幕上所見，已是 Teddy 極力爭取減戲之後的結果。

　　飾演小活佛的童星是動作指導柯受良的兒子柯有倫，當年也只五六歲，Teddy 從別人處聽到他可以騎電單車，便想收錄在鏡頭中，搞些噱頭，柯受良則説小孩子不止可以騎電單車，還可以飛車，Teddy 自然不敢冒險，身為父親的柯受良則擔保沒問題，最後柯有倫坐在上面，是連雙腿都不夠長及到腳掣的，電單車在人群中飛馳，跳過高台安然著地，令觀眾印象深刻。

※　　　　　　※　　　　　　※

　　泰迪羅賓向來習慣電影劇本要有七八成完整度才開拍；《衛斯理傳奇》全個故事有著一整套的邏輯，只是限於篇幅，交代未必十分清楚，觀眾可能察覺不到個別細節。故事意念是：遠古時，

光影背後・影視人訪問

有架長型的太空船墜落地球，插了在喜馬拉雅山中，過程中目睹者口耳相傳，構成神話中「龍」的存在；用來啟動太空船的「龍珠」是部超級電腦，可以與人溝通，但只夠能力影響到小朋友，有個嬰孩從小便因超級電腦而獲得特殊能力，與人足夠接近時更可以洞察人心；因為信奉神蹟的人聚集起來，添油添醋渲染其事，便形成一個宗教。至於「龍」是太空船的靈感，據說是從跟麥嘉談話中得到的啟發。

該電影的拍攝過程十分艱鉅，製作人員紛紛患上高山症，是大家都知道的新聞。在前往尼泊爾之前，Teddy 因為身體機能和常人有異，醫生叮囑他出現高山症的機會頗高，結果是到了當地，幾乎全個二十多人的製作團隊都患上高山症，就只有 Teddy 一個倖免，實在奇妙。男主角許冠傑的情況最嚴重。拍攝隊住的那些屋子窗口細小，但天氣寒冷，不能不點著火爐取暖，一旦通風不足，便可能出事，許冠傑便是睡覺時出現缺氧。醫生事後診斷，說他只要再晚上十五分鐘才被發現，問題便大了；若遲上半小時才發現，他可能已經沒救。

那也是許冠傑福星高照，他和其他工作人員雖住在附近，但卻是不同屋子，出事當天下午才會開拍他的戲份，本來不會有人騷擾他的，偏偏早上 Teddy 拍攝狄龍騎馬的鏡頭，馬匹不能配合，

拍不下去，Teddy 便想叫許冠傑陪伴，結果工作人員發現許冠傑昏迷了，立即破門而入救人。

　　當時攝製隊身在海拔八千呎高處，只有一架小型飛機每星期提供兩道航班，每次可接載八九個客人，所以許冠傑雖然獲救，也只有等待到下班機前來，才可去看醫生。Teddy 看到許冠傑的狀態，當然知道他不妥，但那時並不知道情況是那麼嚴重的，當下午他們租用的軍用直升機到達時，便按計劃到高處拍攝，有涉及男主角的戲份，便找個身形相近的替身，不拍近鏡。出事後第二天許冠傑仍不能拍戲，第三天可以打著精神拍些鏡頭，便又投入工作，但他的動作呆滯了，播放時需要加上快鏡。

※　　　　　　※　　　　　　※

　　許冠傑往看醫生，休息了兩個月，Teddy 等仍然留守山上，繼續拍攝，除了發生在高山上的故事，還需要拍下不同的環境空鏡，留待日後進行特效加工之用。

　　在《衛斯理傳奇》開拍前，Teddy 有過一次行程緊密的大規模場地視察，其他個別製作人員亦有隨行。他們在大約二十天之內，穿梭於歐亞多個地區，乘搭了近二十次飛機，看各個地方的一些環境和建築物，是否會適用於該電影。除了大家都津津樂道的尼泊爾部分，電影中還有發生在埃及的情節，增添了許多異國風情；至於選擇台灣的場景，主因是可供拍攝的工廠夠大，而且

強光燈夠多，那次拍攝，Teddy 他們把全部可用的 10K 強光燈都用上了。

編劇有可能需要隨同 Teddy 攀爬高山，視察環境，同樣要跟 Teddy 在尼泊爾一起登高的還有該電影的策劃馮永，以及美術指導奚仲文，他們要從八千呎左右的住處，前往一萬三千呎的高峰拍攝，天剛發亮便出發，天黑了才到達。因為空氣稀薄，就算是大口大口的呼吸，氧氣也仍不夠，到了海拔上萬呎時，Teddy 差不多每走一百步便要停下來小歇，到了最後的階段，千辛萬苦，才成功抵達目的地。

電影尾段人們在山頂上逃亡的鏡頭，是要預先拍好，預備之後運用「藍佈景」技術接合太空船矇矓地在天上出現的鏡頭，事後 Teddy 發現效果未如理想，但是已拍到的素材就是那麼多，就算有瑕疵也無可奈何。太空船飛天引發山崩地裂、佛像倒塌的場面，為營造出足夠的緊張感和張力，要有不同呎吋、不同質料的佛像配合鏡頭拍攝，有的版本佛像是繪畫出來的，也有以容易砸碎的素材製造高達九呎的模型。Teddy 試過把鏡頭對著一個幾呎高的佛像模型，再在手指上套上小衣衫，在鏡頭最邊緣處郁動指頭，矇眼看來，便像是幾名和尚站在一個十分巨大的佛像前面走動，這種「土炮」式的手法，帶出的視覺效果居然也不差。

※　　　　　※　　　　　※

Teddy 開拍《衛斯理傳奇》之前，不知道有其它由倪生小説改編的影視作品，不過回顧資料，《衛斯理傳奇》仍是首部真正以衛斯理作主角拍成的電影。現今拍攝電影，一般拍攝期只需約三至六個月，《衛斯理傳奇》從落實開拍到上畫，足有兩年時間，除了要長途跋涉前往海外拍攝，大量加入特技效果的後期製作，也需要很長時間。

章國明是《衛斯理傳奇》的特技指導，Teddy 和他識於微時，對於他的鏡頭運用十分欣賞，而且也信賴章國明對於特技創作的狂熱，可惜章國明當時跟胡樹儒在台灣拍廣告，極之忙碌。章國明每一兩周才回港一次，Teddy 便會趁機向他諮詢，跟他研究心目中的畫面如何可拍出來，再自行嘗試；時間許可的話，章國明也會親到拍攝現場。

在電影尾段，龍形太空船破山而出，越空而去，配合主題歌《宇宙無限》的音樂及歌詞，意境極佳。那短短數分鐘場面，是全劇靈魂所在，很花時間和精神，Teddy 要把「神話真實化」，把想法告訴了章國明後，也懷疑是否能做到；有很多安排，確要別具巧思才能拍到，過程之中，突顯了香港電影製作人令人讚嘆的應變能力。

《衛斯理傳奇》的特技場面，共花了兩個月時間，重中之重是「飛龍在天」一幕。因應不同的場口需要，備有八九條不同呎

吋的太空船模型，外判給專業模型公司製作。拍攝太空船破土升空時，小模型的動作需要鋼絲輔助，今時今日不論拍攝時有多少鋼絲或無用之物入鏡，都可用電腦軟件輕鬆刷走，以拍攝當年的條件，便只能依靠燈光遷就，一個連續的鏡頭當鋼絲反光現形時，便要立即中斷了，大量短小的片段，便要依賴高超的剪接技巧來連貫。

太空船的近鏡工程最大，在沙田拍攝，佔了兩三個廠房，先搭建起約三呎高的大面積木架，舖上白色軟布，再在上面放滿棉花，模擬天上白雲的狀態，再在其間彎彎曲曲地舖設好玩具火車的路軌；火車外面包裝成太空船的樣子，包括許多活動的細節，但車頂上面，便是機械龍的腹部模樣，即是太空船的底部。有關拍法是從章國明一段舊片中得到啟發，拍攝之時把鏡頭上下倒轉，放映之時將膠片倒裝播放，本來放置在地上的「龍爪」看來便像在天上移動；適當地以乾冰產生煙霧，及在鏡頭前放置水缸並在當中加添顏料，任其自然流動，也可增加雲彩飄浮和變化的效果。把這些用不同方法拍下鏡頭綜合，再加上當時人力物力財力等資源可做得到的各種特效，才有最後觀眾在戲院看到的版本。

※　　　　　※　　　　　※

Teddy 也知道，有觀眾並不滿意《衛斯理傳奇》的結局安排，覺得不夠熱鬧場面，欠缺所謂正邪大對決的高潮。一九八七年上畫時，《衛斯理傳奇》票房輸了給成龍主演的《龍兄虎弟》，後者打鬥場面較燦爛，前者則故事性較強。但是《衛斯理傳奇》賣埠到海外成績卻奇佳，是 Teddy 在「新藝城」工作時，分紅最多的作品。有人計算過，以入場人次論，《衛斯理傳奇》是香港科幻電影中長期榜首之作，這個記錄，直至二〇二二年古天樂的《明日戰記》面世，才被打破。

從尼泊爾回到香港之後，Teddy 一直注意許冠傑的健康，怕他有後遺症，腦細胞受損，因為外間一直傳言説許冠傑的病情其實很嚴重，而很多人介紹不同名醫給許冠傑，都被他拒絕。直到後來許冠傑淡出樂壇的那幾年，Teddy 跟他經常會面，一起玩音樂，Teddy 發現許冠傑的記性奇佳，甚至比自己還要好，才完全放心。

Teddy 説資料上雖只列出三名編劇名字，《衛斯理傳奇》的劇本貢獻者甚多，有不少朋友只給過一兩次意見，便沒列名了；現列出的三位名字，除了老拍檔潘源良還有廖堅為，而鄭忠義的角色，是在故事中安插笑料元素。Teddy 在片中的身份是導演兼演員，但也會就不同範疇給與意見，例如主題歌《宇宙無限》，

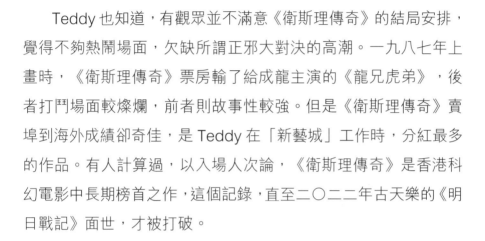

他覺得由 Donald Ashley 提供的最早版本旋律有所不足，便請許冠傑補上一段，兩者混合起來，他才收貨。

根據倪匡及許冠傑的合約，許冠傑隨時可以開拍其它以「衛斯理」及「白素」為主角的電影，不過因為種種原因，一直沒有成事。Teddy 他們曾有過一個構思，《衛斯理傳奇》續集的內容並非緊貼上集發展，而是已經年老的衛斯理之故事，故事中既有暮年英雄，亦有傳承的交代，最後這續集沒有出現，但在外國的《奪寶奇兵》系列新作品，卻不謀而合地走了相同的方向。

Teddy 多次在業界活動中，遇上海外片商，都被問及會否開拍《衛斯理傳奇》的續集，可見市場需求是存在的，箇中原因不詳。他表示本人現時並無開拍有關續集的計劃，但如有投資者感興趣，找上他，他亦不會抗拒。

王晶

　　小至九歲時，王晶已每天閱讀三份報紙，當中包括《明報》，所以許多的「衛斯理故事」他都是在首輪連載時已經看了。長大之後，他進入了娛樂圈工作，對於把那些故事改編成影視作品，有一份情意結。

　　電影《原振俠與衛斯理》在一九八六年上畫，時機很好，因為差不多同期，泰迪羅賓也在拍攝《衛斯理傳奇》，王晶認為正好可以互相借勢，在市場上造成更大的聲音。故事一開始便選定了由小說《血咒》改編，屬原振俠醫生的故事系列，王晶說因為同時包括恐怖、香艷、動作等元素，可拍出《奪寶奇兵》式的蠻荒歷險感覺；至於後來想要加強電影的吸引力，才加入衛斯理的角色，找來周潤發客串。

　　倪生筆下的兩個傳奇人物，分別由錢小豪及周潤發飾演，是製作團隊的第一選擇，至於扮演芭珠的崔秀麗，本身是位健身教練，是王晶一位女性朋友的閨蜜，她既想拍電影，性格又豪放，正好適合這個苗女角色。

　　這部電影一開始時，有倪匡本尊現身說法，以像說故事的方式，介紹了兩位主角，並為故事掀起序幕，這並不是本來就有的

點子，而是後來王晶等認為這樣安排會較有意思，才加插進去。那一段，還找來幾位剛當選的「亞洲小姐」作伴。

王晶回憶二○○二年的電影《衛斯理藍血人》，覺得十分可惜。他在替「中國星」拍攝《賭俠大戰拉斯維加斯》時，已經有拍攝《藍血人》的計劃，本來預算要拍出很大的規模和格局，但他拍攝《賭俠大戰拉斯維加斯》至尾聲時轉拍《藍血人》，只來得及拍了個開場，已經因為「東方魅力」的成立，他的身份有變，導致整部電影的拍攝都停頓了下來。

過了一段時間後，王晶念念不忘這電影，認為計劃擱置十分浪費，和向太商議後，最後仍由王晶主導，為「中國星」以較低成本把電影拍完及推出，這樣情況下，本來很宏偉的藍圖便不復見了。現在的完成版本，開首在三藩市拍攝的一段，甚具大片格局，但之後的內容，便不能保持在同一水平。開場後的情節，除了有少許是因為在美拍攝《賭俠大戰拉斯維加斯》時順便拍下來的，全是在香港製作。

把原著方天一角改為女性，王晶認為這樣可以鋪排感情線，讓角色發揮得更好，至於把故事中的無形怪魔「獲殼依毒間」改寫成男女外星人的安排，他亦覺得相當滿意。

到了二○一八年由「愛奇藝」及「星王朝」合作的《冒險王

衛斯理》，王晶認為已經盡力利用所有的人力資源，演出幾輯故事的眾多主角及配角，結果這電視劇集在香港的反應尚好，在國內的收視卻只是一般。

　　據王晶了解，「衛斯理」這個 IP 在國內朋友眼中，屬於老舊一派，所以並不特別感興趣，而對於香港朋友，因為他們對於倪匡先生本人以及他的不同作品，都較熟悉，所以支持度大不相同。

徐小明

徐小明是倪匡的粉絲,由小學四年級開始,幾乎看遍了所有倪匡的小說,直至他封筆為止。他與倪匡在一九八〇年代合作後,倪匡送過當時已出版了的一整套衛斯理故事給他,他雖然之前全都已看過,但那全套六十多冊的小說,一直珍藏至今。合作之後他和倪匡不時會面,慣稱倪生「匡叔」,二人吃飯聊天時總是興高采烈,後來他長期在內地工作,和倪匡才少了見面。

在一九八七年上畫的《海市蜃樓》是徐小明北上執導的第二部作品,製作班底和第一部電影《木棉袈裟》的有很大不同——後者和「福建電影製片廠」合作,主要是內地工作者,《海市蜃樓》是現代動作電影,要依賴更多的香港技術,所以團隊中包括更多從香港聘請的武師及其它崗位人員。

《海市蜃樓》意念源自衛斯理故事中的《虛像》,不過把沙漠的背景從中東改了在中國境內,全部在大陸拍攝。電影故事的大架構來自原著小說,但有起碼九成是自行創作。徐小明很感激倪匡的讚賞,認為他所拍的電影夠原汁原味,他說把衛斯理小說改拍電影時,會作加工,但不會破壞,也不會令故事走樣。他很欣賞倪匡寫作科幻小說之時,更着重背後隱喻,多過奇怪的事件及情節,所以他所拍的衛斯理電影,會堅持傳承原著的味道及主角的精神,強調正義及因果。

關於版權事宜，《海市蜃樓》是先拍攝了，徐小明才和倪匡洽談的，最後事情獲得解決，補回應有的手續。徐小明説倪匡在專欄上也有提及此事，指不少人拿他的小説拍過影視作品，但只有徐小明一個肯面對問題，並最終令事情得到真正解決，又形容「解決的方法很奇特」云云。有了前事的經驗，幾年之後的《衛斯理之霸王卸甲》，在開拍之前便已處理好。

徐小明在戲中的造型。

　　《霸王卸甲》概念取自衛斯理系列中的《風水》，這次打正旗號把「衛斯理」三個字包括在戲名中，衛斯理在電影中亦正式登場，由錢嘉樂飾演，而徐小明則扮演他的好朋友陳長青。在原

著小說中，一開始衛斯理已是個成功人物，徐小明認為任何成熟的形象必有出身之處，所以向倪匡表示所拍的電影中，不想衛斯理年齡太大，這個想法得到倪生的支持；但他告訴倪生他雖已有初步構思，但素材不夠拍成一部電影，想請倪生撰寫劇本時，卻被拒絕了。倪匡只肯授權給他，在原著的架構上，添加枝葉，所以最後還是由徐小明編劇，寫好這部電影的劇本，倪生只作個編劇顧問的角色。

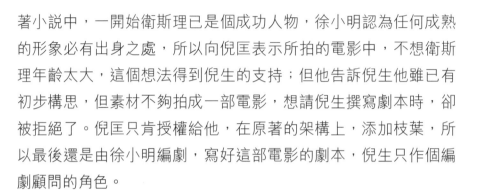

徐小明把風水地理上「一卦管三山」的理論，演化出「權、富、智」三個龍穴，再分別套到《霸王卸甲》故事中幾位主角身上，寫出一個跨越兩代的奇情故事，倪匡看了劇本相當喜歡。戲中的廠景全是在香港「嘉禾片場」利用現有建築修改後拍攝，而外景方面因為在香港找不到合適的湖光山色，便全是北上韶關，拍出應有效果。回想在該電影中，徐小明慶幸能夠夥拍到出色的攝影師鮑德熹，才能令他無論想出怎樣高難度的構思，都可順利拍出來。

先後兩個改編的衛斯理故事，都不是長篇小說，而且比較冷門，徐小明說挑選點子時，既不喜歡跟風，拍攝人人都拍過的題材，而且也偏好較短篇作品，因為若原著已有太多描寫，便沒有多大空間讓他發揮自己的想像，與其刪削改編長篇故事，不如從寥寥數千字的情節結構中獲得啟示，再添加自己的奇思怪想，效果會更好。

《霸王卸甲》走的是「少年版衛斯理」的方向，徐小明見倪匡很認同，便建議倪生不如以這個題材，推出新一系列小說，倪匡推卻如故，反而鼓勵徐小明動筆，說「人人都可寫衛斯理的故事，反正你開了頭，不如就由你寫」，最後這事不了了之。到稍後倪震出版年青人雜誌《Yes!》，正名《少年衛斯理》的多篇小說才真正面世。

二○○六年徐小明監製的恐怖電影《犀照》，只是和倪匡筆下同名的小說根據相同的古書點子創作，和衛斯理故事完全沒有關係。

文雋

文雋在「嘉禾」工作時是蔡瀾先生手下，常和蔡生一起見客，而且他在一九八〇年代已是活躍的專欄作家，常到查小欣、簡而清、簡而和等人的文壇聚會，倪匡和黃霑二人也間中有出席，所以他很早已認識倪匡。

倪匡首次在電影中出鏡，應是在較早時候王晶編劇、藍乃才導演的《原振俠與衛斯理》。到要開拍電影《群鶯亂舞》時，蔡瀾提出邀請倪匡出演當中一個嫖客的角色，大家都拍掌叫好，那是文雋和倪生的第一次合作。兩人第二次合作是「特藝電影製作公司」創業作《漫畫奇俠》。

在這之前有部叫《急凍奇俠》的電影，講述一個古代武士穿越到現代，認識了一位舞小姐所衍生出的故事，《漫畫奇俠》和《急凍奇俠》同樣講穿越，原名叫《青春奇俠》，找到當時差不多所有初出道的歌手和樂隊客串。製作名單有馬榮成作為「造型設計」，事實上他主要是繪製了一張帶港漫味道的海報，電影角色之實質造型設計另有美術指導負責。當時馬榮成已離開「玉郎」，文雋洽談時他們都沒提及費用問題，馬榮成二話不說便答允了。那個時期文雋也活躍於電台，邀請「軟硬天師」當主角是透過俞錚的介紹，《漫畫奇俠》應是二人接拍的第一套電影。

在《漫畫奇俠》中倪匡飾演一位作家，其實也即是做回他自己，嚴格來説是他拍電影的第一個角色，因為在《原振俠與衛斯理》中，他主要只是負責讀開場白。籌拍《漫畫奇俠》文雋有很多商業計算以加強包裝，包括以相熟的吳大維當男主角，再力邀當時大熱的王祖賢當女主角及樓南光作配搭；那個作家一角，文雋也是在寫劇本時已打算請倪匡出演，他們在拍《群鶯亂舞》時相識了，文雋在電話中開出的價錢可接受，倪匡便一口答應。

幾年後，吳大維拍過兩部《少年衛斯理》的電影，資料所示文雋是策劃，但他表示其實與兩部戲毫無關係。文雋説他與「美亞娛樂」有千絲萬縷的關係，曾替該公司包拍過幾部電影，又有其它方面的合作，出品人李國興可能認為加了他的名字在人員清單上，有助《少年衛斯理》銷情，但他並無參與這兩部戲的任何製作。

倪匡在《群鶯亂舞》之後，有過更多的電影幕前演出，但當中跟文雋合作的，也只有一部《漫畫奇俠》而已。

陳嘉上

　　陳嘉上至愛的倪匡作品是「女黑俠木蘭花故事」，閱讀更早於金庸的武俠小說，少時已躲在被窩中讀完整個系列，而且更擁有兩個版本的全套單行本。早年改編拍成的幾部「女黑俠木蘭花」電影他十分喜愛，認為男女主角十分符合他心目中原著的形象，戲內以真槍拍攝的槍戰場面亦令他印象深刻。他在大學時期才開始看「衛斯理故事」，第一本看的是《老貓》，覺得十分吸引。

　　替電影《老貓》編劇是因為蔡瀾找他幫手，二人在「邵氏」時已經相識，電影中有不少特技都是由蔡瀾口授，陳嘉上跟著嘗試而自學完成的。陳嘉上當時已正式當上導演開拍《小男人周記》，因為蔡瀾的邀請，便替《老貓》編劇，《小男人周記》上畫時《老貓》的劇本已呈交，監製蔡瀾接納了，但導演章國明未滿意。

　　劇本由陳嘉上、陳慶嘉、葉廣儉合作，已經交了多次稿，亦已應導演要求加入許多細節，章國明還是認為分鏡寫得不夠清楚，而蔡瀾則認為劇本已足夠仔細以供拍攝，二人之間看法有些分歧。最後蔡瀾告訴陳嘉上劇本不必再修改，而該電影也換了導演，由藍乃才完成上畫。

回憶事件，陳嘉上認為有可能章國明當時仍未想通個別場口應如何拍攝，希望從劇本中得到啟發，但例如「貓狗大戰」之類場面劇本上也沒法子描寫得十分詳細，便滿足不到導演的要求。陳嘉上最終完成了蔡瀾交託的任務，不過記憶所及，他沒有收取過劇本費。

李連杰找陳嘉上執導電影《精武英雄》，陳嘉上本來推卻，因為珠玉在前，把經典故事重拍會吃力而不討好，但李連杰繼續遊説，而陳嘉上重看李小龍版本的《精武門》後，認為經過數十年時間，從前的內容可以從其它角度切入，有新的看法，終於接受邀請。

《精武英雄》籌備之時，陳嘉上特地聯絡倪匡，詢問《精武門》中陳真一角的出處，理由是若那是由編劇倪匡原創的角色，他們在新電影中採用，便應給回版權費倪匡；倪匡奇怪：「現在還有人這樣做事的麼？」他一面説陳嘉上有義氣，同時告訴他可以放心採用陳真這名字。

原來當年撰寫《精武門》的故事，倪匡是在霍元甲的訃聞上看到「陳真」二字，排名雖後，但聽來悦耳，便用了在電影中，除了名字之外，其它情節都是虛構的。陳嘉上知道了底蘊，便放心發揮，舊電影中目不識丁的陳真，在新戲中便可在大學讀書了。

陳嘉上跟倪匡及黃霑都有不少交往，跟倪匡的接觸，除了上述一事，之後「金像獎」頒獎給倪匡時他亦在場；而黃霑則是和徐克多合作，常到工作室去，每當見到陳嘉上發脾氣時，便會作出勸告，對他非常疼惜。陳嘉上和三位才子都有往來，倪匡及黃霑因自小已是他的偶像，所以有機會相識了，溝通時感覺很不一樣；跟蔡瀾認識較後，不過工作上也受過對方很多指點，亦很交深。

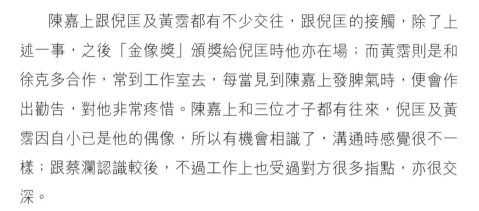

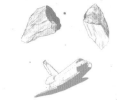

陶大宇

　　一九九八年在陶大宇離開「無線電視」後，新加坡電視台聯絡他，説會開拍《衛斯理傳奇》，想找他當主角。陶大宇也不清楚電視台找他的原因，猜想也許是他有些什麼特質，讓他們感覺可以演繹得好衛斯理吧；至於飾演女主角白素的，則是甚具知名度的當地藝人鄭惠玉。

　　該劇由幾個單元故事合組而成，陶大宇雖然聽説過倪匡先生筆下衛斯理這角色，但未看過原著，所以無從比較劇本及小説的內容。劇集拍攝了約三個月，有廠景也有外景；最特別的是到埃及去拍攝了一個星期，對陶大宇來説，是很新奇的經驗。首集一開始，便是衛斯理跟白素在沙漠擦身而過，衛斯理想憑白素的影子找到她的情節。

　　這套《衛斯理傳奇》除了在新加坡播放，也推出過影碟，在東南亞地區發售，但在香港，應該沒有電視台播映過。

衛

重要

斯

報紙

理

記錄

1963.03.11
衛斯理誕生日〈鑽石花〉

1964.08.05
開啟科幻之路〈藍血人〉

1978.03.01
我回來了〈頭　髮〉

1983.01.31
香港故事〈追　龍〉

衛斯理誕生日
1963.03.11
鑽石花

鑽石花

雲昌福圖　衛斯理著

一：將鑽石拋入海的人

鑽是一個很多內容的字，鑽會冷到滴水成冰，香港雖然不會冷到滴水成冰，但是在海面上，西北風吹了上來，卻也不怎麼好受，所以，在一個深夜中，我的心中感到十分奇怪，因為剛才出來的，我立即循聲望去，只覺得隔着一層厚厚的大衣，西北烈風，令我不寒而慄，感到一番況味的境界，倒是另有一番風味，我那一晚是因為無法入睡，偷偷地跑出來的。

那時候，正是半夜三更，甲板上一個人也沒有，那一晚上，天色陰沈沈的，一粒星也沒有，我倚在甲板上，望着海面，那一片沈黑的海水……

那一聲，曾經學過中國武術的人，都可以聽得出，那是以極強的指力，彈出一件東西的聲音，那就是如閃光。

那一定是無聊的人，在將玻璃珠子拋向海中，我想。

（下欄）那人和其中一個，與我隔着甲板，何以我聽得到，他走過去和他搭訕。我想，因為我那一個人是行動之間太不合羣，不論何人，都會說一兩句話。他見我一個人，如果他走過來，敘敘談話打開僵局，但此之冷峻……

我向他們作了一個停步的動作，可是他並沒有停下來，他仍作了一個極冷峻式的吩咐：「走開！」我走向他，他第二次冷冷地說：「走開！」他的神態上雕然有着一種憂慮得過份的，冷冷地望着我一眼，眼色是如……

可以聽得到，他說話的聲音，是十分年輕人的年紀，大約四十歲的英年剛毅的臉面，天色雖然黑暗，我卻能清楚地看得出，他大概有着三十歲的臉，但是却如神情木然的神氣，我是一個極其冷酷無情，不再前進的臉，簡單地說：「走開！」他冷冷地望了我一眼，那神氣實在令人難堪，轉身走去。

花向他走近法一撒，仍然望着那沈黑的海面，機械地將那袋中的東西，一粒一粒地拋入海中，只有四五尺遠近處……

（左欄）所以，我輕輕地來到了他的身旁，那一個人，倘若是全然未曾發覺我，我心中感到十分奇怪，因為剛才從他那袋中所發出來的，那一粒東西劃空而過的時候，我並不高，那一揚，那一粒東西，便跌入了海中，這是我所親眼目睹的貴族，還是過着奢侈生活的土人，這……

我在他身旁站了好一會，他一直沒有甚麼變化他的動作，小粒的東西，拋入海中，又重複着那機械的動作，直到我忽然冷冷地命令式的吩咐，突然亮起了那盞燈光，繼續地將那些小粒東西，在附近的一個船艙的門口，視着他手中，不斷注視他的手中，竟是一粒足有十五克拉大小的鑽石！（未完）

二：母窗慢失...一度劫失

三：兩人一齊 跌進大海

四：水糧山遍 再度巧遇

五：奮險比賽 谷底遊雄

六：荒山峻嶺 荒妙槍聲

七：嘉寶淑女 勇擒測眉

八：掌門發令 跳洞私令

開啟科幻之路

1964.08.05

藍血人

藍血人

著·衛斯理　圖·雲影

一·東遊日本滑雪自娛

一九六四年八月五日

二·一次不平凡的邂逅

一九六四年八月六日

三·神奇有趣的誤會

一九六四年八月七日

四·遇到一個藍血人

一九六四年八月八日

我回來了

1978.03.01

頭髮

教授所託　萬里尋子

我，衛斯理，又回來了。

對於明報老讀者來說，多半知道我是什麼樣的人，對於新讀者來說，只要看我的敘述，不久也可知我是什麼樣的人，一樣不必特地自我介紹。

我離開了足有五年，這五年之內，何以音訊全無，又發生了一些什麼樣的怪事？也如同嬰兒一樣，說來話長！

收到利達教授來信的那一天，是年初五。利達教授是我所認識的人之中，是最不通世務的一個人。而且，他除了本身所學的專門知識之外，其餘甚至連生活上的事，都令人啼笑皆非。這個不通世務的植物學家，畢生在南美洲亞馬遜河流域研究當地的植物。有一個時期，我因為考試過那位柏來先生，當時他是十五歲。西方青年而瓩在尼泊爾住了好幾年，大半以後我住在尼洲的地方和尼泊爾相距沒有一萬里，也有八千里！

近找他回來。」之請，卻不知道我住在亞洲『就近找他回來』，請就不通世務的一萬，你是一定要做到的？」我搖了搖頭，道：「他這個要吧，我就替他去走一遭」，將那位

白素笑瞇瞇地望着我，並不表示意見。她好像看穿了我的心意，早已經打得好如何採取行動的主意裏，道：「好後，我先在酒店安頓了下來。別嘆。

第二天我就離開了家，只帶了很少的行李，白素特地在我的行車中塞進去一條毯子，那是準備給我到了尼泊爾之後披在身上的，作御寒之用。

第二天，沒有結果，第三天，也沒有結果。

求人不近人情，我會同信告訴他，尼泊爾離我住的地方很遠。而且我不過在六年前見過那位柏來先生，當時他是十五歲，我找一個人，還是小事一椿，我也根本沒有法子從上萬個皺皮，不寫回信，因為利達教授所住的地方十分偏僻，一個月也收不到一次信，比寫信要快得多，何必回去，我找到了那些古廟，戴有近郊的雪山更為壯觀。

效法那些飛簷走壁的大俠，飛機在印度的幾個地方略停，就直飛加德滿都。到達目的地之六呎的距離了。

看尼泊爾這個小地方，加德滿都也有它進步的一面，酒店的設備，應有盡有。我稍為休息了一下，到酒店的經理問明了幾個廟皮的地方，就開始了我的工作。

第一天，沒有結果，第二天也沒有結果。

第三天，我發現一梱皺皮的古廟，站在路上望過去，遠遠山峽的雪山頂，令人以一種寒冷的感覺。天氣相當冷，駛向近郊的吉普車，駛向近郊的道路上，忽然看到前面有一個身形矮小的尼泊爾人，變手揮動着，大聲呼叫。

剎車之後，車子離他大約只有五
（一）

土著巴因　兜售古物

我在心中咒罵了一聲，瞪着那尼泊爾人，那傢伙卻若無其事，笑嘻嘻地走過來。那傢伙的樣子，遠比我想像中還要古老！在這個古老的國度中，可以說到處全是古老的東西，你可以說到處全是古老的國王！

我一看，就會喜歡，我的名字叫巴因，就住在前面的村莊裏。

他在說着的時候，我已經發動了車子，那傢伙一面急急的說話，一面又緊跟着車子不肯放，道：「我不想在家！先生，那件古物，你去看一看喜歡，那件古物，你

住了車子不放。我立即大聲道：「我不需要！」我一面說，一面又已發動了車，那傢伙顯然有點着急了，拉住了車子，緊張得像是被蛇咬了一口似地縮回手去，瞪大了眼望着我。

他才講到這裏，我已經明白是怎麼一回事了。這傢伙是向遊客兜售「古物」的那種人！所以我怎麼客氣地伸指着他的手臂上一揮，那一揮，令他像是被什麼東西咬住似地縮回手去。

當他講到最後幾句話的時候，可以來我就將這個尼泊爾人完全忘記了。我一小時候後，車子到了那個尼泊爾在古老落後的地方，道路向遊客兜售「古物」的把戲，以各種方式進行，我早已見過不少了，那麼早晨就準備好的皮夾，問車走去。

遠比我想像中想要古老，我們山區生活的人那種很普通，有着山區生活的人那種特有的粗糙皮膚和皺紋，至是很難分辨出他們的真實年齡。我心中不禁又好笑，這傢伙，他自以為能說出他的年代來！先生！先生！

那客人顯然有點着急了，拉住了車子不放，道：「先生，那件古物，古得沒有人怕我賣不到，所以直着嗓喉在喊叫。我根本連頭也沒有回，而且對這個尼泊爾人，一點興趣也沒有，神情也無其焦切，但他依然拉着車子不肯放，語音也越來越急促，道：「先生，那件古物，你往兩天哪裏。

我一面向前走去，一面大聲叫道：「柏來．利達！」柏來認為他們自己是當地人要，因為這樣皮袋是當地大不相同。因為這樣皮袋是當地人要來放大麻的，而大麻正是尼泊爾絕不可少的精神食糧。我的舉動，看來就像是在找柏來．利達這個人，替他這大麻來了，我當然會引起他們的興趣。
（二）

香港故事

1983.01.31

追龍

關於追龍 兩點說明

第一點說明：在香港的俚語之中，「追龍」這個詞，是有特殊意思的，「追龍」是指吸毒，尤其是指用錫紙加熱來吸食海洛英粉的行動而言，「追龍」是一個專門動詞。香港的反吸毒運動，有標語：「生龍活虎莫追龍」，可知「追龍」一詞，應用相當普遍。

我寫的「追龍」故事，當然和這種特殊的意義，毫無關連。這情形恰似早年記述過的一個故事「蠱惑」──「蠱惑」是蠱的迷惑之意，我寫的是蠱的迷惑，和粵語中「蠱惑」一詞的含義，是絕無關連的。

第二點說明：如果「蠱惑」是蠱，那麼，「追龍」，是不是就是追尋龍的蹤跡的故事呢？

×××

追尋龍的蹤跡，倒是一篇可以寫的科學幻想小說的題材：恐龍是已經絕跡了的生物，某地，忽然發現了恐龍的足跡，於是組織探險除，去追尋恐龍的蹤跡，結果可以找到了恐龍，或是找不到，但過程之中，照例有很多驚險可寫──荒啦，沿途的原始森林哩（可以查參攷書，抄大量古代植物的名稱，形狀，生長過程上去），也可以（照樣查參攷書，抄一些名詞上去，甚至連拉丁文名字也抄上去）

下面是正文。

為了避免有這樣的誤會，所以要作第二點說明：也不是。

×××

如果照這樣方式寫出來的東西，決不會好看，可能有一大堆科學上的神情，或少了幻想。恐龍是已經絕跡了的生物，我如果照這樣的方法去寫，照樣有很多驚險可寫，「衛斯理」這個名字，大約至多只能出現在三五本書上，而決不像現如今這樣的三四五十本。

×××

那麼，「追龍」記述的究竟是什麼故事呢？當然不是三言兩語講得完的，看下去，自然會明白。

以示作者的淵博，再加上人物的忠有好，來斗一篇「兩」愛情，不是一篇科幻小說的樣板嗎？那麼，讀者很快就會厭倦。公式化的四五十本。

第一節：一個垂死的星相家，那天晚上，不得不極力，站在歌劇院門口避雨的人，每個人都帶着無可奈何的神情，看着白天上傾瀉下來的大雨，而水沿着瀑布瀉下來，像是無數小瀑布一樣，雨聲嘩嘩地所有，拋起老高的水花，氣勢一點沒有停止的意思，好像越來越大。

有車子駛過似的，從歌劇院散場，大聲的大雨之中，天氣悶熱，天氣又十分悶熱，那小小的空間中擠了好幾百人，更是悶熱得令人透不過氣，所以人人都滿了人之後，去找尋車子或是出租汽車，母在歌劇院的大門口，向外望出來時，歌劇院的大門十分闊大，擠滿的大雨天，天氣又十分悶熱。（一）

追龍
科學幻想小說
衛斯理

背後有人 揚聲呼叫

外面在下大雨，我從歌劇院的後門走出來。（下略）

（二）

追龍
科學幻想小說
衛斯理

老爺淋雨 嚇壞隨從

（正文略）

（四）

追龍
科學幻想小說
衛斯理

世有此人 怪事連篇

（正文略）

（三）

追龍
科學幻想小說
衛斯理

衛斯理
衛斯理效應
紫戒
倪匡教曉我的事
甄偉健
（偉健少友）
我與衛斯理的七
「第一次」
王錚
（藍手套）
與
倪學七怪
天上雷公
金灰
衛斯理食緣二三事
董鳳衛
（大鱷魚精）
倪文三拼
龍俊榮
我和倪匡先生
的結誼情
施陳麗珠

衛斯理效應

文：紫戒

在「倪學」浸淫數十年，我有一個和人類未來有關的理論：「衛斯理效應」。

事緣和許多倪友聊天，發現大部份都在童年或少年時就接觸衛斯理，我也不例外。由於文字淺白流暢，情節懸疑緊湊，又多古怪念頭，小學生亦能看得不亦樂乎，更有不少人以為自己也能寫出同樣精彩的小說。猶記得當年在作文課堂，我和同學們模仿衛斯理的風格寫作，互相傳閱切磋後，才交予老師。當然，時間證明一切，衛斯理仍屹立文壇，無可取替。

衛斯理系列最令我印象深刻的，有三點：

一．衛斯理慨嘆人性的卑劣及奴性，認為是人類自毀的禍根。

二．衛斯理能接受一切不可思議的思維，以及堅毅不屈的冒險，強調想像力和行動力是人類進步的必要元素。衛斯理亦曾寫下「人的思想無限，一如宇宙無限」。

三．衛斯理尊重自由，重視獨立思想，認為達致一定文明程度，不自相殘殺，是發展出高度科技水平的基本條件，才算是宇宙高級生物。

　　可能我從小接受衛斯理薰陶，幻想力雖一般，但有着一股傻勁毅力，建立「倪學網」，作為小讀者對大作家的一點心意。最開心的是獲得倪匡先生在討論區留言讚賞，並結識了一群倪友。

　　因此，我相信上述三點提到的衛斯理精神，都在每位讀者的潛意識中埋下種子。長成什麼花，結出什麼果，人人不同。假設青少年於衛斯理小説曾獲得的啟蒙，即使本人不察覺，在成長中，都會透過其思想言行，對未來有正面影響。基於這個邏輯，我推斷出一個理論，名為「衛斯理效應」，簡而言之：

　　「只要有青少年看衛斯理，未來就有希望。」

　　衛斯理創作至今已一甲子，智慧娛樂兼備，吸引一代又一代新讀者。相信衛斯理的精神，會一直傳承下去。在此向在彼世界的倪匡先生，和在此世界仍發揮影響力的衛斯理，致敬：

衛斯理世界，

歷四十年創作，

透過無窮想象，

探討宇宙奇幻，

描繪人性本質，

謳歌思想無限之可貴，

其精神，

感染一代，一代，又一代……

衛斯理與倪學七怪

一個讀者

「倪學網」網主

紫戒

倪匡教曉我的事

文：偉健少友

我第一次認識倪匡大師，就是因為「倪學七怪」的帶頭大哥仁哥所辦的衛斯理展，當時是經香港科幻會的會友阿龍所引薦。而真正能私下見面就是在書展的講座後，由仁哥設宴邀請倪老出席。雖然只是第一次見面，但彷彿已經認識了數十年，畢竟我是由小學時期開始看他的作品。

後來，經由這次見面，我漸漸跟倪老相熟，成為他口中的其中一名「少友」。而當他知道我很懂電腦操作的時候，我又成為了繼台灣的葉李華博士後他的第二名電腦專家。他真是一名奇人，他的電腦房裏同時有三部電腦，就是為了方便自己同時瀏覽不同的東西。而他晚年對劇集、網絡視頻及小說很是着迷，他博覽的不只是書，還包括了不同的媒體，在這方面我跟他是非常相似的，但當然他每一樣都很精通，我則只是「蜻蜓點水」。

說起電腦這回事，我曾某天早上突然收到他的電話。

「甄偉健嗎？救命呀！救命呀！」

這求助電話真的嚇了我一大跳，但原來只是他的中文輸入法

出問題了。於是我請了半天假到他的家中幫他弄好電腦。然後，出乎意料的是他給了我兩封各五百元的「利是」，事實上如果早知他給我的是這麼多我是不會收取的，因為朋友幫忙其實不用涉及金錢，再加上他時不時會送他一些當年的手稿給我，及幫我簽了數十本書，這早就完全讓我非常感恩了。

不過，他送的東西當中，我最喜歡的是他少年時期刻的一個圖章。我是得知了他各送了一個印章給來自上海的二老，然後經他們幫忙下開口跟倪老討一個，不過，當時還沒跟他很熟稔，所以被拒絕了。沒記錯的話，他當時說要再認識久一點，知道我的為人才送我。但其實，大概數個月後的下一次見面，他便送了一個給我，而且還從 30 多個中任我挑一個。我原先是想要一個刻有上海話粗口的，不過後來他推薦說《沙翁雜文》一書封面中的印章很有紀念價值，所以我便挑了那一個。對很多人來說，包括我自己，要捨棄心頭好去送給有緣人，真的很難辦到，但倪老就是這樣的「放得下」。

每次我到他的家，總會在餐桌上閒談，而餐桌上亦總會放了一飯碗的鹹蛋，而他身後的小木櫃，則放了不少的罐頭及公仔麵。我總是愛跟他說教，說這些東西多吃沒益，對身體很是不好，但他總會回我一句至理名言：

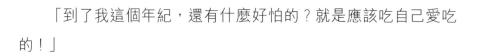

「到了我這個年紀，還有什麼好怕的？就是應該吃自己愛吃的！」

這確實是一言驚醒夢中人，我們總是為了多活久一點而不能盡嚐自己的心頭好。然而，正如倪老所言，每個人總會到了「那一天」，為什麼不在身體還可以吃的時候多吃一點呢？每當說完這話，伴隨著的永遠是他的樂觀笑聲。

互聯網上很多人節錄他的言論，但原來部份並不是真的出自他口中，不過他倒是處之泰然，只會跟朋友解釋那句話為什麼不會出自他口中的原因。而生性愛聊天的他，身旁總圍著一眾好友、少友。大家最愛聽他說在上海的往事。我最有印象的是當年的一款美食「用滾水煮沸馬蹄再割下來」。放在今天，肯定會被視為虐待狂，但在數十年前這卻是傳統的民間美食。倪匡，就是這樣的一本活字典，這不單歸功於他的經歷豐富，也因為他看書的速度非常快，而且什麼類型的書都愛看。

對我來說，最直接感到的其實是他的無限創意，與及他不吝提攜後輩。除了他最疼愛的年輕作家百無禁忌外，倪老也給了我一個很好的故事題材，希望我把這個點子寫成一個故事。由於責任重大，所以我一直沒有下筆的決心。不過，對倪老來說，他的

大氣態度，絕對是值得我們學習的。而他的創意無限，雖然封筆多年，思維仍舊飛躍，所以我每次見面總是跟他説讀者仍然在等你繼續寫更多的衛斯理冒險故事⋯⋯

老實説，要數倪匡老師給我的啟發，可能要説足整整一星期。

但，總括一點來説，他是教會了我做一個好人的重要性。

我，仍然很想念他。

倪學七怪之一

偉健少友

我與衛斯理的七個「第一次」

文：王錚（藍手套）

二〇〇四年的春天，當溫寶裕手舞足蹈地邀請衛斯理全家參加新生大同盟的時候，衛斯理一時之間還很難決定是否要離開地球，但到了二〇二二年的夏天，老朋友們都已知道衛斯理的最後決定，從此以後，大家再也看不到衛斯理記述的故事，事情很明顯，衛斯理離開了地球！

作為衛斯理的老友，我的心中自是百感交集。一方面，為老友的離去倍感失落，另一方面，又為老友能夠獲得新生感到高興。就在這種複雜情緒的環繞下，迎來衛斯理六十周年的紀念。我回憶起與老友相聚時的一個個珍貴片段，每一個「第一次」都是如此難忘，也都是我對老友永恒的紀念。

第一個「第一次」
一九八八年七月，第一次閱讀衛斯理小説

猶記那個酷暑的下午，在住家附近的少兒圖書館，見到那一個個古怪書名時的疑惑心情。《眼睛》、《地圖》、《迷藏》、《鬼子》、《蜂雲》……作者要有多大的自信，才敢給自己的小説取這樣普通的書名？然而就是這些看似普通的書名，卻蘊藏著極度

吸引人的神秘力量，讓人在不知不覺中，便沉浸於作者編織出來的那一個個古怪離奇的故事中，再也無法自拔。也正是從那一刻起，我牢牢記住了作者那不中不洋的怪名字——衛斯理。

第二個「第一次」
一九九五年七月二十二日，第一次收到衛斯理的回信

那是一段非常煎熬的日子。自從異想天開給衛斯理寫信以後，沒有一天，我不是在期待中醒來，又在失望中睡去。直到兩個月之後的某一天，打開家裏的郵箱，看到平時空蕩蕩的郵箱裡，突然多出一封海外寄來的信件，那時的興奮，我至今難忘。

信封上，衛斯理用他那獨特的筆跡，寫著我的名字。急急打開讀了，字字句句都使我心花怒放，原來，衛斯理也很樂意和我這個小讀者做朋友呢。

我寄去的藏書照片和對衛斯理小說的評價，他都看了，也都給了我頗高的評價，並介紹了一些同樣喜歡他小說的朋友給我認識。興之所至，還對自己的一些作品，作了一番有趣的自嘲。末尾處的「一一握手」，更是令我振奮不已，沒想到這樣的一位大作家，竟如此平易近人，竟如此愛護他的讀者！

第三個「第一次」

二〇〇三年八月三日，第一次收到衛斯理的簽名書

在心中藏了八年的心願，一朝實現，那是一種怎樣的心情！八年前，看著好友鳳衛得到了衛斯理的簽名書，而我卻一無所獲，當時有多失落，此刻就有多喜悦。

衛斯理寄來的這本最新小説，書名叫做《死去活來》，也是巧合，正對應了我心情由失落轉為喜悦的過程，有趣之極。

心願滿足之餘，又生貪念，厚著臉皮請衛斯理再簽一本，最好「能題寫一句話」。即使是這樣的無理要求，衛斯理也毫無怨言，欣然在他的下一本新書，也是他最後一個故事《只限老友》的扉頁上為我題下「總要快樂」四個字。

當我和衛斯理漸漸成為忘年交，請他簽名題字已成為家常便飯，我依然珍藏著每一個衛斯理的簽名，這些簽名對我來說無比珍貴，也是我們這段忘年友情的見證。不知不覺中，我收藏的衛斯理簽名書竟然已超過一百本，大概可以算是宇宙中擁有衛斯理簽名最多的人了吧。得意之情，無法自控！

第四個「第一次」
二〇〇七年三月十五日，第一次與衛斯理見面

何其榮幸，我竟然收到了衛斯理的邀請，去香港與他相會！

正如衛斯理所假設，人和人是否能成為知心好友，或至少可言談甚歡，都是由於腦電波頻率相合所致。奇妙的是，這種相合與否的情形，甚至不必當面交流，就算只通過文字，也能形成。

也許正因如此，多年的書信及郵件往來，讓我們增進了對彼此的瞭解，也讓彼此的腦電波產生了一種特殊的化學作用，進而形成同頻率，使得衛斯理產生了想邀我見面的想法。

從未謀面的我們，在第一次見面後，竟都產生了一種「彷彿已是多年老友」的感覺。相聚時的融洽氣氛，完全不像是兩個現實中的陌生人，也完全不會覺得對方和自己年齡相差甚遠，真正成為可以暢談一切的好友。

第五個「第一次」
二〇一三年七月，第一次參與倪學研究

在命運的奇妙安排下，我結識了六位同樣熱愛衛斯理的好友。大家情投意合，一見如故，於是組成「倪學七怪」，為推廣衛斯理小說、推廣倪學而共同努力。這一年，香港書展上的衛斯理五十周年展，便是我們努力的成果，也是我們友誼的見證。

在將近一年的時間裡，「倪學七怪」各司其職，各展所長，從策劃到宣傳，從落實到開展，終於將衛斯理的奇妙世界，完完全全展現在廣大讀者面前。這一場轟轟烈烈的展覽，既是送給衛斯理迷們的盛宴，也是獻給衛斯理五十大壽的賀禮。

「衛斯理成長足跡」、「衛斯理人物關係圖」、「衛斯理十大經典」、「衛斯理病歷記錄」、「衛斯理傳奇清談節目」等精彩內容，帶領着參觀者，在衛斯理的宇宙中恣意遨游，而《倪學》一書的出版，更是為今後倪學研究的開展奠定了堅實基礎。

第六個「第一次」

二〇一八年七月，第一次被衛斯理視為至交

一直以來，我都以為自己只是衛斯理諸多「小友」之一，畢竟，無論是平時交流或者電郵溝通，衛斯理對我的稱呼，總是「王錚小友」，但是，那一次，我才知道，原來在衛斯理心中，我已不僅僅是一個比他小整整四十歲的忘年「小友」。

那一次，我替衛斯理主編一本散文集，與出版社簽訂合同時，我將稿酬數目發給衛斯理過目，原本想問他對稿酬是否滿意，沒想到衛斯理卻對我說：你編的這本書，我半分力都沒有出過，不能坐享其成，所以全部應得酬勞都歸你！

我剛想推辭，衛斯理彷彿看穿了我的心思，接著又說：你要是推辭，就枉我們十餘年至交了。

這句話，頓時讓我感動到熱淚盈眶！

原來，這十餘年來，我不僅僅只是衛斯理的諸位「小友」之一；原來，這十餘年來，在衛斯理心中，我已然成為他的至交！

第七個「第一次」
二〇一九年五月，第一次出版自己和衛斯理的故事

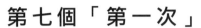

早有將自己和衛斯理相識相交的傳奇故事寫下來的衝動，但遲遲未能動筆，主要也是因為整個過程跨越幾十年的光陰，對於從未駕馭過長篇的我來說，頗有些不知如何下筆的彷徨。

但終於還是動筆了，那是亦舒的散文集《我哥》給了我靈感。既然不知長篇怎麼寫，不如寫成散文，畢竟寫散文是我的強項，何必捨易取難。

半年時間，寫就百餘篇題名為《藍手套與倪先生》的小文，結集寄給幾家港台知名出版社，尋求出版機會，沒想到全被打了回票。客氣一點的回覆我「文筆頗佳，但考慮到市場因素，暫無意出版」，不客氣一點的，索性連下文都沒有，着實令人氣結。

既然鎩羽而歸，自然要從自己身上找找原因，究其根本，還是文章寫得過於隨意，文筆也頗稚嫩，於是努力提高自身寫作水平，數年以後，進步明顯。索性捨散文而取小說，又花了一年時間，將自己與衛斯理的故事寫成二十餘萬字的大長篇。

這一次，終於獲得上天的眷顧。在好友的牽綫搭橋下，台灣風雲時代出版社接納了我這個無名小作者的書稿，將我的文字化為鉛字，定名為《來找人間衛斯理——倪匡與我》，正式出版！

這是我第一次出版自己和衛斯理的故事，更是我第一次出版屬於自己的作品，自小就有作家夢想的我，此刻終於美夢成真！

三年後，香港天地圖書又出版了這本書的修訂版，為了這次再版，我新增了兩萬餘字的內容，將自己與衛斯理的傳奇故事，完完整整呈現在讀者面前。

如今，雖然衛斯理離開地球，但是，他仍是我永遠尊敬和喜愛的至交老友，對他作品的研究，也將一直延續下去，直至我生命的盡頭。

也許有一天，當我的孩子，甚至我的孫輩，津津有味地讀著衛斯理的小說時，我會對著那浩淼的宇宙，開心地大喊：老友，你好！

倪學七怪之一

王錚（藍手套）

著有《來找人間衛斯理》
《倪匡筆下的一百零八將》
《千面倪匡》等書。

衛斯理食緣二三事

文： 大鱷魚精

　　新春將至，給在香港的朋友們寄賀卡，買的和寄的數字總對不上，後來仔細一想，衛斯理已經蒙 C 寵召，去了只限老友的一個地方，頓時感到了悲傷，可能關於衛斯理的一切在潛意識中已經成為了茫點，然而與衛斯理相處的時光總是歡樂的。前有蔡瀾、沈西城，後有龍哥、藍手套，衛斯理在他們的筆下，早已生動鮮活，而我就在一些吃吃喝喝的瑣事中，讓大家看到衛斯理的另一面吧。

自助

　　2007 年 3 月 15 日，從上海出發，由珠海坐船到香港的青年大鱷魚精、藍手套和衛斯理在怡東酒店的大堂勝利會師。兩個看了 20 年衛斯理小說的人第一次看到衛斯理本人，不免手足無措，窘態百出，幸虧衛斯理訂的是自助餐，少了許多席間尷尬，好在二人都是多年讀者，雖未謀面，書信、電郵可沒少通，不一會便和偶像談笑風生。衛斯理的親屬們坐在另外一桌，任由他和兩個內地書迷暢所欲言，席間有當地群眾認出大作家，過來要求合影，衛斯理來者不拒，毫無架子，合影完畢，群眾問此二者何人，衛斯理笑嘻嘻的說：「內地來的衛斯理專家。」從此，我二人便以衛斯理專家自居，畢竟是親口所封。至於後來還加上了台灣的葉李華教授，升級為宇宙三大衛斯理專家，這與本頓飯無關，按下不表。

衛斯理長期在怡東酒店寫作，不少故事由此誕生，能夠在這裡吃飯，絕對是一種榮幸，想到此，不由多拿了幾份三文魚刺身，衛斯理笑道：「鳳衛也喜歡吃沙西米啊，記得那年華東水災，香港人都在為內地同胞募款，我路過餐廳時忽然看到幾個內地來的幹部正吃得歡，忍不住上前怒斥，華東大水，你們不去幹點正事，還好意思在這裡吃沙西米？幹部們面子上掛不住，只能灰溜溜的走了。」我等大笑，衛斯理又看出藍手套喜歡吃甜品，親自示意了巧克力瀑布的玩法。

初見偶像，激動之極，還吃了什麼，已經毫無印象，唯飯後和手套一起陪上洗手間時，手套憶起之前書上看來的衛斯理美國往事，一句「舉頭望金門」脫口而出，而我和衛斯理居然異口同聲「低頭看小鳥」一句以應，默契程度，可見一斑。

海鮮

2013 年 7 月 20 日，香港書展。經過施仁毅先生（江湖人稱仁哥）半載運籌帷幄，「倪學七怪」主編的《倪學》一書隆重推出，同期衛斯理 50 周年特展也在香港會展中心迎來了無數觀眾，仁哥在海鮮酒家設慶功宴招待大家，衛斯理夫婦自然坐了首席，當晚另有嘉賓：衛斯理小說設計封面的徐秀美老師、以及第一代的衛斯理書迷詩人溫乃堅先生。在初版單行本衛斯理小說《老貓》的扉頁上，衛斯理曾寫過一句話：「如果太陽系中沒有溫乃堅先生，這些書就不能出版。」正是溫先生捐獻的大量剪報，使得衛斯理小說的單行本順利面世。

衛斯理與倪學七怪

席間歡聲笑語，衛斯理卻是不受干擾，細緻的把每一道菜揀到太太碗中，若是太太不喜，他則小聲勸慰，實在不吃，他便放回自己碗中，香港海鮮本來就享譽全球，仁哥又是出了名的豪爽，龍蝦、鮑魚、帶子……一道道流水樣的端上桌來，人多桌子大，照顧到了太太，他自己有時卻揀不上菜，我知道衛斯理喜食魚頭，仁哥又特意備了條生猛之極的大斑，面頰上的那塊活肉比湯匙還大，趕緊下手剜了下來舀給他，他微微致謝之後，卻又轉舀給了太太，這種相濡以沫的情感著實令人羨慕。隨著仁嫂準備的 50 周年慶典的蛋糕上的燭光亮起，餐桌上的氣氛達到了高潮。從白天看書展會書友聽講座，到晚上的海鮮大餐慶功宴，實在是極其精彩的一天，然而給我留下最深刻印象的，依然是衛斯理為太太輕聲細語的介紹每道菜，還有溫柔的揀菜。

火腿

仁哥到滬公幹，回程前問我何處可以買到高品質火腿，說衛斯理喜歡吃。這可難不倒我，隨後幾次赴港，都買了上好的金華火腿上方帶給他，有一回偶得雲南朋友送的雲南火腿，更是切了大半帶去香港，不料此後仁哥說不要再帶了，因此我還困惑了好久。若干時日去港後聊起，衛斯理說：「你那塊火腿，我整塊丟在鍋裡，煮出來的油有一寸厚，白素看了大驚失色，全力阻止我食用，但那味道真香啊！」說完此句後，他朝我眨眨眼睛，哈哈大笑。白素從旁邊投來了幾分疑惑和幾分猜測的目光，希望她不會想到那塊火腿源自我手吧。

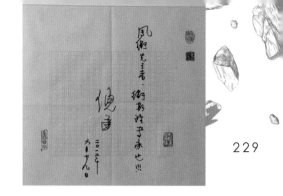

綠茶

　　某次去港，帶了一餅陳年普洱給衛斯理，外包裝是個茶馬古道風的皮袋，衛斯理看了之後對包裝袋讚不絕口。當時還沾沾自喜，後來聽仁哥説，衛斯理和他一樣不喝黑茶，只喝綠茶，頓感慚愧，次年春天便攜帶明前龍井赴港，國內著名茶品牌謝裕大的汪總聞訊，也讓我帶了些頂級的黃山毛峰過去。衛斯理看到龍井兩眼放光，然而我卻先為他泡了黃山毛峰。沏茶之際，我們對泡茶的時間與水溫略有分歧，但當一杯清澈的茶湯呈現在他面前時，他深深的吸了一口茶香，然後捧著杯子啜飲不停。喝了快半杯後，衛斯理抬起頭來，沉吟半響道：「我從未喝過那麼好的茶。」此時的我，深感榮幸之至，於是每年都會找些上好綠茶帶去給他品嘗。除了西湖龍井、黃山毛峰，他對太平猴魁也很喜歡。

　　然而疫情三年，衛斯理沒有再能喝到我精心收集來的各種名優綠茶，實在遺憾。

其它

　　衛斯理曾説蔡瀾給他帶過些小食，皆獨立包裝，吃起來十分方便。於是在滬買了「來伊份」品牌的各種零食帶去，其看了十分開心，開袋品嘗後有覺得好吃的均讓白素共同分享。

衛斯理有「看見好書,如頑童得了八寶飯」之名句,見此句,便攜家中自製八寶飯帶去,其果然十分歡喜,但由於重油重糖不利健康,僅帶過一次。

一次赴港恰逢中秋,攜上海名小吃鮮肉月餅拜訪衛斯理,其拿起一個便吃,絲毫不顧餅屑紛紛而下,我說熱食更佳,其笑道:「我當然知道,用平底鍋慢慢烘熱,會好吃得多,但我等不及了。」一邊吃一邊說看過你和朋友拍的紀錄片上海生煎的故事了,不過現在上海的生煎饅頭真的不如之前,我們當時吃的要撒兩回蔥,一次是半熟之時,另一次是出鍋時。我仔細一想,童年時的做法果然如此,上海小囡也不會把生煎饅頭叫成生煎包的。

另一次,攜浙江玉環太平塘文旦一枚前往,衛斯理見了大喜,立即讓我拿去廚房劈開,掏出一瓣瓣晶瑩剔透的果肉置於盤上,吃得讚不絕口,並高聲呼喚白素來吃,當看到白素也露出滿意的笑容時,他笑得嘴也合不攏了。

不知不覺,一段段回憶流水一樣從腦海中滑過,自 1988 年第一次看到衛斯理這個名字,到之後收到來信、網上相遇、拜見本尊、相識仁哥、紀念衛斯理創作 50 周年香港書展……,至今已有 35 年,衛斯理三個字,已經深深的烙在了我的靈魂深處,比起一般的讀者,我是多麼的幸運!謹以這隻言片語,懷念衛斯理——倪匡先生。

倪學七怪之一
衛斯理專家

大鱷魚精

天上雷公

文：金灰

非常慚愧混跡於眾「衛斯理專家」間，我甚至談不上是個衛斯理粉絲。

我看衛斯理小說是中學低年級的時候。一本接一本，很快將外婆處百多本衛斯理藏書看完。好看嗎？一定好看。但那年紀看所有閒書一律好看，古一些的鄭證因、朱貞木、王度廬、還珠樓主，個個好看；往後些的司馬翎、臥龍生、諸葛青雲、梁羽生，例例精彩；甚至無書可看時，瓊瑤、李碧華、亦舒、席絹，就算是不中意的題材、不中意的故事，照樣囫圇吞下，在最饑最餓的年歲裡，樣樣都是珍饈美饌。但要長大後去品評這個作家是不是我最喜歡、那個作品是不是頂頂出色，我反倒不像諸位衛斯理專家一樣，能夠侃侃而談。

因為書看過，便看過了。

世上好玩好看的千千萬，我又天性疏懶，自主張不作鑽研，點到即止。看書留給我的，絕非哪本書第幾頁、作者云何何何，而是若干年後，甚至早遺忘當年的閱讀過程，卻在某情某景下，某個倩影、某一句話、某種情愫、某段畫面，躍入腦中、爍玉流金；也可能被某個非主要的情節，激發起無窮無盡的興趣，後躋身專

家行列;更有可能閱讀留下的一點一滴,最後涓涓細流匯聚而成今日之我,非躬身自省時不得來處──衛斯理專家們雖花長時間逐本鑽研,但我以上例舉的閱讀小說諸多好處,他們體會得一椿不落。

我雖乃衛斯理讀者,對別他系列卻不甚感冒。有回衛斯理同我談起原振俠來,我連連擺手「不看」,衛斯理問及原因,只能如實答「不好看」──並非當下閱讀完畢覺不好看,而是於「樣樣書好看」的年紀,乍拿起本原振俠讀罷,下回選書便繞開該攤。話音剛落,衛斯理便起身離開那按摩椅。不妙!我正想著如何找補,衛斯理卻樂呵呵回來,手上一本《天人》、一本《精怪》,於扉頁分別簽下「保證好看!!!」「一定好看!!!」,囑我回家便看。結果兩本一口氣讀完,見解竟然與數年前迥異!次日只得登門道歉。衛斯理見狀大喜,更賞我一打原振俠系列。故小說雖只分為「好看」與「不好看」,但好看與否的評判,卻同閱讀者的年齡、心境大有關聯,從前覺得不好看的,重讀未必無法欣賞。

衛斯理閱讀量大,涉獵面極廣。見面聊天時,往往同白素二人,你一言我一語便談起某位作者的某部作品中云何何何。一旦超出我見識之外,只能誠惶誠恐偷偷記下,回家補課,越補課、越知自己才疏學淺。

　　衛斯理對小說獨有一番見解，我起初不以為意，覺小說只要識字，人人會看。後同藍手套打賭下，寫篇武俠小說《十七兵》，藍手套乃衛斯理專家，自然尋衛斯理做中：衛斯理邊看邊道，「竟寫的是白話小說！一點也無受『五四新文化運動』侵染痕跡，查先生最最歡喜這種文筆。」我心道要糟！寫小說故事第一、文筆最末，衛斯理不評好看與否，反倒論起文筆來。果然衛斯理看罷道，「這故事就像《城邦暴力團》，沒有結局的結局。當年同張大春講，這樣的書賣不出去；他不服，書賣得極好；我說他憑名聲賣的，他自也不信。若當時手頭有你這本，讓他去賣，他即可知賣不出去！」萬一能賣出去呢？「那便是張大春本事，我自然認輸。」

　　話到這份上，全已意懶心灰。孰料衛斯理從書房抱出套「上海埽葉山房」發行的《評註水滸全傳》來，鈐上「倪匡」名章道，「這套書雖非當年一路帶來，亦為我辛苦覓得；帶去三藩市又帶回香港，可見心愛至極。特地轉贈於你，望你勿要放棄。」還能夠搶救？「要不往嚴肅文學想想辦法？」我自小生活優渥，對社會見解極淺，當下大搖其頭。「那試著改改風格，重寫一本？反正年紀還小、不妨試試，萬一能改得成？」往哪種方向改？「往通俗文學方向走，純粹靠天賦，你肯定走不通；往嚴肅文學方向

走，要的是對社會的認識，你也不大行；要不兩頭湊一湊，往好看的方向用用功？」那豈非兩頭不著槓？「胡說八道！這方向的集大成者正是金庸。試問哪個通俗文學作家，不希望作品評價高如金庸？哪個嚴肅文學作家，不希望作品傳播度廣如金庸？」

我兩樣野心皆無，只盼望知道處女作的癥結在哪。衛斯理重讀數遍才道，「書名可以、人物也有、故事也有，是節奏不好！」節奏。痛定思痛，只好揀更為熟悉的入手。故意同衛斯理打棚道，「現今市面上對上海菜的評價不大全面。要我寫上海菜，就當從民國寫起；既然是民國故事，不妨讓主角結識白老大；最終章主角在四教廳給王金榮做壽宴，白老大順理成章赴宴；作品則順理成章叫《七幫十八會》，衛斯理更順理成章題跋一句——只消寫『確確聽白老大提及』便可。」衛斯理大敲我毛栗子道，「先寫再說！」

二〇年寫完第一篇《熊掌》，電郵衛斯理相請過目。下午即獲回復，「一口氣看了第一章，呆了半晌，文字之老辣，風格之突出，旁枝之複雜，典故之熟稔，在在吸引讀者，可讀性極高，就算扯開甚遠，亦能轉得回來，這等老手風範見於新人之手，甚為罕見。我收回以前對你寫作方面的所有評說，新評是：已足具好看小說寫作之三昧，只管放心寫去。唯枝葉若過於豐滿會妨礙

主幹，宜加留意。我只看了一章，忍不住先表示觀感，可知小説
的震撼程度驚人。尚未看出大主題，容後再論。」衛斯理蒙 C 寵
召時，我第二篇《時疫》方完成；拖沓至此，今竟一改疲態，寫
完《發財》、《地產》、《烽火》，故事已然過半。承衛斯理教
誨多年，總算學會「先寫再説」，望能夠不日完稿，單方面完成
我倆的約定。

一個讀者

謎底即謎面，另一身份呼之欲出

金灰

衛斯理與倪學七怪

倪文三拼

文：龍俊榮

我和倪匡先生相識，是經過葉李華兄介紹的，在他回流香港後，大家先以電子郵件聯絡，之後是電話，然後才有了第一次到他家中拜訪的機會。那個下午，倪生獨留家中，倪太和工人都外出了，我們天南地北的聊了約兩個小時天，倪太二人才回去。

當時我和倪太打了招呼後，倪生和我仍然對話不斷，但一面站了起身，我自動也跟著站了起來，然後又邊談話邊隨著倪生步伐移動，到我去到大門口，倪生拉開了門，和我的對話還是不斷，不過訊息已十分明顯了。好傢伙，倪生一直沒有開口叫我離開，甚至沒有「今天時間差不多了」之類的客套，我便被送走了，情形是頗突兀的，但又沒有受到不禮貌對待，事後回想，只能說倪生為人處事作風果然大異常人。

和倪生的第二次會面，記憶所及是在當時「香港科幻會」會長李偉才家中，當年那屆「倪匡科幻獎」的決審會議在香港舉行，李偉才特地安排會員在決審完畢後聚會，正好讓一眾會員可以一睹偶像風采。

我和倪生交往，平時多不用叫喚對方，間中有需要，他叫我「龍仔」，我頗抗拒，但又制止不到他，於是在寫電郵給他時，開始以「倪老」作上款，有點兒反攻的味道。沒預計之後大家以北方常用的稱呼方式引進香港，許多朋友，跟倪生本身認識的或是並不認識的，都開始以「倪老」叫他，令到我的「反攻」變成採用一般正常叫法的其中一人，絕無特別的感覺，真是叫人氣餒。

衛斯理這位老朋友原來面世已經一甲子了，施仁毅兄提出寫點什麼紀念一下，建議之中，包括分享一下倪生的簽贈品。這提議合理，只是我這方面藏品甚少。

我開始時看得多倪生的書，因為愛看奇情技擊小說，而這類題材中以他寫得最好；之後才繼續看完他的不同類型作品。多年之後，機緣之下能夠與他成為朋友，是過去難以想像的事情，而且能夠和他會面聊天的機會，也並不少。初次相識，乍然相遇，更能得到他在作品上親筆簽名，如在夢中。之後相交相處，能索取他簽名的機會多得很，但我知道自己並不會把有作者簽署的書本視為珍寶，若巴巴的取來簽名又隨意處理，似乎不好，所以反而是替他人索取的多，自己家中，經倪老簽署的書也只有數冊。

　　早兩年有人在網上出讓有倪老簽署的簽名板，雖不是天價，也不算便宜，張貼了一段時間，見也未售出。會面時我把這事告訴倪老，他如常地大笑幾聲，說若他的簽名真能售到那價，他每天簽幾十個賣出去，也不必販文了，我亦笑著認同。我在網上賣場買賣過不少倪作，都不覺得有了作者簽名的書，對於銷情及售價有很大幫助。

　　我的倪匡簽名物不多，但也有些，當中幾件，有點兒小故事，便決定閒筆記錄於此，或長或短，拼湊成文。這部分劣文，若獨立出來，仿倪老取書名方式，可名之〈倪文三拼〉也。

　　有個倪老簽署，出現在「次文化堂」的《未成書》之上。

　　那天和友人同到倪家拜訪，友人帶有好些倪作珍藏，希望都得到倪生簽署，倪生如了他的願；他們在忙著翻書、簽署之時，我便拿出剛買入而未看的《未成書》閱讀。到二人忙碌過後，倪生看著我，手掌向我一攤，我看見形勢，便知他有所誤會，我把書交到他手，他便在扉頁上簽署了。

　　我當然不會告訴他，本來是沒打算向他索取簽名的。

　　　　　　　　　　※

能與倪匡先生作朋友，最令我開心的，是若有任何關於他本人或他作品中的疑問，都可以有機會直接詢問及求證。

一次會面，記不清楚是特地帶書前往，還是因為什麼原因所致，總之剛好有本「利文」版本的《電王》在手。在內文的第一頁上，有個句子，我讀來讀去總覺有些不妥，疑心某個字其實是排版弄錯了的，那次正好向作者本人求證。

這個版本，這個位置，有個「真」字應是「負」字來的，經倪匡先生證實，並難得地得他動筆在書上親手更正了，從此我書架上不能出讓的書，又多了一本。

※ ※ ※

十年之前，因為「衛斯理50周年」紀念活動，而認識了溫乃堅先生；之後和溫先生保持聯絡，又在他病逝前最後的日子，協助過他處理些生活上的事情。

這張相片，現在應該也只餘下相片了，是倪匡先生當年簽署送給溫先生的書本扉頁。

香港「明窗出版社」當年推出倪匡先生的「衛斯理故事」單行本，編號第一的《老貓》，特地有一頁印上如下文字：「如果太陽系中沒有溫乃堅先生，這些書就不能出版。」該書在一九七八年二月初版，書印好後，倪生在新到手書上簽署了，特

衛斯理與倪學七怪

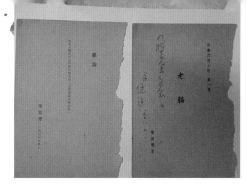

地拿到溫生工作地點贈送給他;最後溫生瀟灑地——也是煮鶴焚琴地——並不保存全書,而只留下上面有他名字的兩張紙。

這兩張紙,在我見時,已有廿多年的歷史,但保存頗完好。溫生住在醫院及安老院的時候,我替他整理家中物品時,看見了,便拍了照。溫老在二〇一七年去世後,這簽名仍在他家中的,本來我打算在把他的遺物交回他的家人時,與他們商量索取這兩張紙作留念,想不到卻沒有這樣的機會了,到我得到溫生鄰居的通知時,溫生家人已找清潔公司處理過了那物業,房子中空空如也,相片之物,恐怕也已不存於世了。

誇張一點來說,這兩張紙的原件,世界上曾經眼者可能只有三人,當中兩位已經離去了。對於這物品在我眼皮下失卻了,每每想起,都扼腕不已。

和倪匡先生最後的通話,在二〇二二年四月二十二日致電找他,當時他出院後不久,說話時有點吃力,我便不敢多講,之後亦不敢再打擾他了。那次對話,我暗暗地留下記錄,之後,默默地念記。

倪學七怪之一
倪作讀者

龍俊榮

出版人的話 • 我和倪匡先生的結誼情

龍——龍俊榮　　　　施——施陳麗珠

龍：施太你是否很早便喜歡看倪匡先生的作品？你們是怎樣相識的？

施：老實説，在認識倪生之前，我沒怎麼看過他的作品。我和他相識，是因為我先生施仁毅是倪生的忠實粉絲，他一直希望能與偶像會面，當倪生從海外回流到香港定居，他知道我契姐鍾潔雄在出版界工作，和倪生相識，便發起個飯局，請鍾姐邀約倪生，並帶上我們。記得那個飯局共有六人，除了鍾姐、倪生倪太及我們夫婦外，還有危丁明教授。

龍：能夠和偶像親身接觸，施生一定很高興吧。席上你們聊過什麼話題？

施：施生能夠親見倪生，當然十分雀躍。早前施生接受報紙訪問，談話中也推介了倪生的小説，便在席間跟倪生分享了有關剪報。此外，還有不久前我們在台灣古龍墓前所拍的一些相片。那祭奠由施生組織，經鍾姐聯絡台灣「風雲時代」陳曉

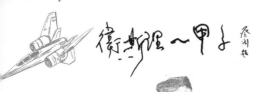

林教授安排，幾經周折，才能令古龍三位異母兒子聚首，首次一同拜祭父親，極之難得。倪生跟古龍是知己，看了相片也感到欣慰。

龍： **之後你們和倪生便成了朋友？**

施： 那次飯後我們送倪生倪太回銅鑼灣他們租用的住處，大家交換了電話號碼及電郵地址，之後便一直保持聯絡；後來他們在北角買了物業，大家住在同區，交往便更頻密了。常說「遠親不如近鄰」，我們就近常去探望倪生倪太，兩家日漸熟落，不過施生鑑於倪太經常在家，他不方便頻繁到訪，反而我去探訪倪生倪太的次數更多。

施生公司每年舉辦的春茗，邀請倪生倪太出席，倪生強調他一向不愛參與商業活動的，也支持過多屆，我便知道他們並不視我為外人。想起首次見面的飯局，施生和倪生他們談得興高采烈，我說話並不多，但和倪生倪太相識之後，大家一見如故，感情愈來愈深厚，最後更結成誼親，這樣的一段緣份，真的十分奇妙。

龍： **你跟倪生倪太有正式上契？**

施： 我和倪生倪太有過正式上契的儀式，我有向他們敬茶，亦有送上小禮物，不過在場親見的，只有小眾親友。

但就算我們沒有上契,他們兩位也是很疼惜我的。有位朋友認為我的學識不夠,經常取笑我不識字,有次契爺在場,那朋友又取笑我,我訕訕地向契爺撒嬌好有下台階,不料契爺直接跟那朋友說:「那麼你很了得麼?我也是不識字的啊。」維護之情,令我動容。

至於契媽,她在我心目中,是個賢淑婦人,但是很多次因為要替我說話,也敢於駁斥別人對我的評語,叫我十分感動。

龍:你和倪生倪太相處時,有什麼難忘事情?

施:我經常出入契爺契媽家中,和他們的一些親戚、外傭以至大廈的管理員都已相熟,多年來每逢周日他們的外傭放假,家中沒人煮飯,我都會買食物給契爺契媽,漸漸地,他們家中事無大小,都習慣跟我說。

由於我住得不遠,有時聽到他們家中有什麼急事,也可以即時處理。例如有次他們的煤氣爐壞了,傭人煮不到晚餐,我便買了個便攜式的爐頭上去應急。

有次黃昏時接到契爺電話,他一開口便說:「大難臨頭了,珠女!」嚇了我一跳,以為發生了什麼大事,卻原來是他們睡房天花漏水,床舖都濕透了,睡不到覺,我於是到他們附近的商場買了兩張木摺床。

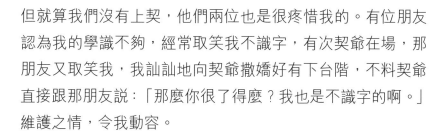

因為要他們睡得安穩，雖是摺合形式，但是我買的那兩張床材料及結構都很堅固，自然體積及重量都相當，我勢不能一次過全拿走，付了錢後，便先拿一張走，打算之後折回再拿另一張，但即使如此，走了不很遠，我已知出事：那張床的份量是遠超我的能力所能搬動的！

結果我半抬半拉地，把第一張摺床拿到契爺契媽處，已是雙手顫抖，臉無血色了，契爺契媽看到我的情況，拿第二張床時，堅持定要外傭跟我同行相助，我也拒絕不到，亦顧不到之前不想阻礙傭人煮飯的考慮了。

買木床這件事剛好契媽的妹妹——我叫他阿姨的——在場，親眼目睹，後來阿姨把事情告訴家人，有些人至今仍表示不能置信。

龍：倪生倪太和你的相處方式怎樣？

施：契爺契媽和我談話，都是像朋友般，完全沒有長輩的架子，但有時也當我是小孩子般看待。記得香港的「社會運動」熾熱的時候，街道常有封鎖，有見於契爺契媽購物困難，我便常常替他們買東西帶上去，每次我才放下物品，他們便催促我趕快離去。當時我們已搬了家，住處較遠，有時我離開倪宅後，走路回家，時間上有所拖延，契爺打電話給我知我沒有盡快回家，便會語重心長地勸告我。

龍：你和施生有幾個子女，他們和倪生倪太是否相處得來？

施：契爺契媽對我的錯愛，延續到我和施生的三個子女，孩子的事無分大小，他們都很關心。

我們的大兒子喜歡寫作，契爺一直讚他有寫作天份，不但為他的小說寫序，更授權他寫自己筆下角色的故事。事緣大兒子寫了篇小說，一些角色名字有契爺作品的影子，施生加以勸止；契爺知道了卻認為無所謂，並親筆寫了張授權書，批准我們的大兒子寫作時採用他作品中的任何角色名字。

二兒子小學時喜歡書法，契爺致電蔡瀾先生為他介紹褟紹燦大書法家，在家親自教導老二。老二會考放榜的那天，早上八時已經得知成績了，我們知道結果後，先只通知了幾位聯絡最密切的親戚，沒想到八時半都未到，已接到契爺致電，主動詢問老二的公開考試結果，關心之情，溢於言表。

至於小女兒更不用多說，契爺契媽看著她出世，疼愛到不得了。契爺替我們小女兒的一幅油畫題字，之後我們把畫作放到 NFT 平台拍賣，這件事報章也有提過；其實小女還有更多畫作，契爺也都一一題了字。

我們的三個孩子，跟契爺的感情都很好，但始終兒子年紀較大，和成人相處時總有些距離，小女兒則是從小便稱呼契爺

契媽做「公公」和「婆婆」。小女兒中文較差，我認為她在香港升學，就算斥鉅資入讀國際學校，如何極力模擬外國學習環境，都不如真的讓她到外國留學，契爺對我這個構思，似乎很有異議，我猜想他和契媽，是不捨得我們兩母女離開香港吧。

龍：豐林文化出版了不少倪生的作品集哩。

施：事情可以追溯至二〇一一年，那時候我們想替「兒童危重病基金」籌款，徵得契爺同意，找了一批年青作家，延續他之前幾個故事的架構，推出新的短篇故事集《新 • 非人協會》，結果銷量遠超預期。之後我們開始把契爺一些絕版多時甚至從未出版過的作品，製作推出，來滿足契爺粉絲的要求。

龍：倪生身體轉差後，對外活動也減少了。

施：對，契爺常喜歡宅在家中，可以整天都不外出的，對於朋友的邀約，也多推卻，就算接受了，去的地點不能離家太遠，時間亦不能太晚，若是晚宴，有時中途便會早走回家。

契爺回到香港定居後，出席過多次「貿易發展局」及出版社的活動，很多時都不是他的本意，但是各主辦單位見邀約不成，便把矛頭轉到我身上，我收到邀請，不得已只可向契爺

轉達，契爺見我開口，最終又答允了活動，久而久之，變成契爺晚年時外間想要拜會他或請他出席活動，主要都是經我安排。

契爺最後一次在「香港書展」的講座，是由跟他合作多年的「明窗」舉辦，本來邀約契爺很久了也不成功，最後是「貿發局」張淑芬副總裁親自致電給我，請我邀請契爺出席，張大姐與我多年交情怎能不幫，才能促成此次活動，讓契爺有機會親口向所有讀者，說聲「後會有期」。

龍：晚年倪生經常出入醫院？是否由你陪同？

施：契爺晚年時進醫院的次數的確多了，都是由我和他兒子陪同。他眼睛不適時，我多次陪同他看眼科專科醫生，後來他的雙眼做了白內障手術，可惜手術效果強差人意。記得有次他要住院，醫院只限二人探病，契爺指名那兩人便是我和他兒子。

龍：倪生離開的時候，你也在他身旁？

施：契爺最後的日子，住在黃竹坑的一家療養院，他的身體狀況日壞。他離世的那天，也是合該我跟他有這緣份，本來應該是由私人看護照顧他的，剛好看護需要請假，我一大清早便到院舍去，結果契爺情況轉差，我和他的女兒便成了在床邊送別他的人。

契爺為人豁達，對於自己的生死看得很淡，但和契媽感情極好，對於自己比她早離世，感觸得哭出來，我們極力勸解，他總算是安祥離去。其實關於契媽，契爺不必太過擔心的，他雖然離開了，我和蔡瀾先生也會一如既往地不時探望契媽，好好照顧她的。

契爺極簡單的後事安排，他早有指示，一切都如他所願順利完成。之後我得到感應，契爺給我報過夢，讓我知道他走得無牽無掛，便覺安心。

龍：倪生好像常常公開談論生死，毫不避忌的。

施：對，契爺視生死為平常事。他是個很率性的人，對人對己都誠實，他不喜歡做的事情，任誰去請求他都不幹，亦是不會因涉及生死而有顧忌的。

那次台灣一位文人去世，死者的朋友聯絡契爺，請他致悼念輓詞，沒想到契爺回答的是「死有餘辜」四個字，完全不跟那人客氣。

又有位朋友，和契爺關係一向良好，後來因另結新歡，離開了太太及孩子，契爺對這種做法並不認同，屢勸過亦無效；他的新任太太也誕下孩子後，那朋友想請契爺替孩子改名，契爺堅決拒絕。

從這兩個例子我們可知，不論是紅事白事，都無阻契爺的真性情，他仍然是會以平常心視之，按自己原則行事。

龍：你和倪生倪太相處了多年，一定還有很多秘聞可以和大家分享吧。

施：我和契爺契媽那麼親近，他們任何事情對我都沒隱瞞，當然會知道不少他們不為人知的秘密了，但既然是他們的私隱，我也不便對外透露，藏在自己心中便算。

倪學七怪之一
倪匡先生倪匡太太誼女

施陳麗珠

我受過極嚴格
的中國武術訓練

衛斯理
二〇六．八．三十一

我精通世界上
二十多種語言

衛斯理
二〇六．十．二

衛斯理格言

傳承・重啟

施先生公司春茗，倪匡伉儷巧遇漫畫大師黃玉郎及風水大師蔡興華。

倪匡伉儷同蔡瀾在北角大江戶日本料理午餐，小孩子是出版人的小女兒。

三代文人，九〇後新作者百無禁忌，六〇後危丁明博士、三〇後倪匡大師。

三位全神貫注，倪生倪太在教誼孫女學中文。

倪匡伉儷和女兒及誼女一家同友人於中環元創方午餐。

星期日，誼女及誼孫女在倪匡先生家中嬉戲，樂也融融。

在富嘉閣酒樓吃完晚飯，桃花下的衛斯理與白素。

魚痴吃三刀魚，舉起大拇指，好吃！

科幻大師倪匡及漫畫大師馬榮成
在港交所合影,可一不可再。

衛斯理50周年晚宴,由倪匡先生切蛋
糕,珍貴一刻。

蔡瀾先生邀請倪匡先生在北角做直播,
「155」直播室是他們的歲數。

衛斯理親筆寫下,契女「真好女兒」。

衛斯理50周年晚宴,這晚倪匡伉儷、
七怪、溫乃堅、徐秀美相聚。

攜手六十載,相依相偎,滿臉洋溢幸
福甜蜜的笑容。

慶祝衛斯理一甲子之前,先慶祝倪生
倪太結婚六十周年。

衛斯理和白素,籠罩在生日蛋
糕燭光的溫暖和浪漫中。

土星環的文明

住在石頭星球的影子

飛往土星的美製太空船

天文現象七星連芒

地球望見的紅月亮

遠古宗教的龍珠

宇宙飄浮中石頭

流浪宇宙的太空船

鏡象宇宙的接口

太空巨蜂

PenSo 插圖

《衛斯理六十周年紀念集：衛斯理一甲子》

授　　權	倪匡先生
題　　字	蔡瀾先生、許冠傑先生
封面插畫	Pen So
主　　編	施仁毅
撰　　文	龍俊榮、紫戒、甄偉健（偉健少友）、王錚（藍手套）、
	金灰、董鳳衛（大鯷魚精）、施陳麗珠
出 版 人	施陳麗珠
設計排版	銘仁、夢璇
特別鳴謝	蔡瀾先生、許冠傑先生、王晶導演、徐小明導演
	文雋監製、陳嘉上導演、泰迪羅賓導演、陶大宇先生
出　　版	豐林文化傳播有限公司
地　　址	香港灣仔軒尼詩道一六七至一六九號台山商會大廈十五字樓
臉　　書	www.facebook.com/funnyschool
發　　行	泛華發行代理有限公司
地　　址	香港新界將軍澳工業邨駿昌街七號二樓
承　　印	美雅印製本有限公司
地　　址	香港九龍官塘榮業街六號海濱工業大廈四字樓A室
出版日期	二〇二四年六月
定　　價	港幣一百二十八元
國際書號	ISBN：978-988-76366-4-9
圖書分類	流行文學、名人傳記、科幻小說
版權所有	翻印必究